LA VIE RÊVÉE D'ÈVE

LA FUITE

L'auteur

Anna Carey vit à Los Angeles. Après des études d'écriture à New York, elle a publié sa première trilogie, *Ève*, en 2011. Elle aime les marchés aux puces, les silhouettes dessinées à la craie sur le sol et chanter à tue-tête dans sa voiture.

Anna Carey

LA VIE RÊVÉE D'ÈVE

LA FUITE

Traduit de l'anglais (États-Unis) par
Hélène Zilberait

POCKET JEUNESSE
PKJ·

Directeur de collection :
Xavier d'Almeida

Titre original :
Eve
publié pour la première fois en 2011 par Alloy Entertainment
HarperCollins, New York.

Loi n° 49 956 du 16 juillet 1949 sur les publications
destinées à la jeunesse : mai 2015.

ISBN : 978-2-266-21891-7

À mes parents

Peut-être est-ce que je ne veux pas vraiment
savoir ce qui se passe.
Peut-être que je préfère ne pas savoir.
Peut-être ne pourrais-je pas supporter de le savoir.
La Chute a été celle de l'innocence à la connaissance.

Margaret Atwood, *La Servante écarlate*

23 mai 2025

Ma douce Ève,

Aujourd'hui, en rentrant du supermarché en voiture, le coffre rempli de lait en poudre et de riz, alors que tu fredonnais dans ton siège-auto, j'ai regardé les montagnes de San Gabriel. C'était comme si je les voyais pour la première fois. J'avais déjà pris cette route, mais là c'était différent. Elles s'élevaient au loin, leurs sommets enneigés surplombant la ville. Elles étaient si proches que j'avais l'impression de pouvoir les toucher.

Je vais bientôt mourir. La peste emporte tous ceux qui ont été vaccinés. Il n'y a plus d'avions, plus de trains. Les routes sont barrées. Impossible de quitter la ville. Nous ne faisons qu'attendre. Le téléphone et internet ont été coupés depuis bien longtemps. Il n'y a plus d'eau courante et, les unes après les autres, les villes sont privées d'électricité. Bientôt, le monde entier sera plongé dans le noir.

Mais pour l'instant nous sommes vivantes. Peut-être même plus que jamais. Tu dors dans la pièce d'à côté. J'entends le tintement de ta boîte à musique (celle avec la petite ballerine).

Je t'aime, je t'aime, je t'aime.

Maman

CHAPITRE 1

Le soleil brillait au-dessus du mur d'enceinte haut de quinze mètres. La pelouse fourmillait d'élèves de douzième année. Alors que nous chantions et dansions, les plus jeunes étaient penchées aux fenêtres du dortoir, agitant des drapeaux de la Nouvelle Amérique. Lorsque l'orchestre entonna un morceau plus rythmé, je pris Pip par le bras et la fis tourner. Son rire éclatant s'éleva au-dessus de la musique.

C'était la veille de notre remise de diplôme et nous faisions la fête. Nous avions passé la plus grande partie de notre vie entre ces murs, sans jamais mettre les pieds dans la forêt au-delà. C'était la plus grosse fête jamais organisée pour nous : un orchestre (un groupe de filles de onzième année qui s'étaient portées volontaires) jouait au bord du lac et les gardiennes avaient allumé des torches afin d'éloigner les faucons. Un buffet était dressé, composé de tous mes plats préférés : gigots de biche, sanglier rôti, prunes confites et des saladiers entiers de baies.

La directrice Burns, une grosse femme au visage

ingrat, incitait tout le monde à manger : « Allez ! Il ne faut rien gâcher ! Je veux que mes filles ressemblent à des petits cochons roses ! » Le gras de ses bras tressautait comme de la gelée alors qu'elle s'affairait autour de la table.

Le rythme de la musique ralentit. Je pris Pip dans mes bras et l'entraînai dans une valse. « Tu fais très bien l'homme », dit-elle alors que nous nous dirigions vers le bord de l'eau. Ses cheveux roux collaient à son visage en sueur.

« Je *suis* très beau », dis-je en fronçant les sourcils.

Nous plaisantions souvent à ce sujet, d'autant qu'aucune fille de l'École n'avait vu un garçon ou un homme depuis plus de dix ans, à part les photos du roi accrochées dans la salle principale. Nous suppliions les professeurs de nous parler de l'époque d'avant la peste, lorsque les garçons et les filles allaient à l'école ensemble, mais elles se contentaient de nous expliquer que le nouveau système était conçu pour notre sécurité. Les hommes pouvaient être manipulateurs, sournois et dangereux. À l'exception du roi. Il était le seul à qui l'on pouvait faire confiance et auquel il fallait obéir.

Le professeur Florence m'appela : « Ève, c'est l'heure. » Elle se tenait sur la berge, une médaille en or dans ses mains ridées. Son corps frêle se distinguait à peine sous son uniforme composé d'une chemise rouge et d'un pantalon bleu. « Les filles, rassemblez-vous ! »

L'orchestre cessa de jouer, et les bruits de la forêt

nous parvinrent. Le sifflet autour de mon cou me rassurait : si une créature franchissait le mur, je pourrais donner l'alerte. Même après toutes ces années passées à l'École, je n'étais toujours pas habituée aux combats de chiens, aux coups de feu au loin ou à l'horrible râle d'une biche dévorée vivante.

La directrice Burns se dirigea vers le professeur Florence en clopinant et lui prit la médaille des mains. « À présent, commençons ! » cria-t-elle, alors que les trente élèves de douzième année s'alignaient devant elle. Ruby, mon autre meilleure amie, était sur la pointe des pieds pour mieux voir. « Vous avez toutes travaillé dur pendant votre séjour à l'École, mais personne autant qu'Ève. » Elle se tourna vers moi. La peau de son visage était si ridée et si lâche qu'elle avait des bajoues. « Ève s'est révélée l'une des élèves les plus douées et les plus intelligentes que nous ayons accueillies entre nos murs. En vertu des pouvoirs qui me sont conférés par le roi de la Nouvelle Amérique, je lui remets la Médaille de la Réussite. » La directrice me la donna sous les applaudissements des autres filles. Pip siffla avec ses doigts pour apporter sa touche à l'ambiance.

« Merci », dis-je doucement en parcourant des yeux le lac qui s'étendait d'un bout à l'autre du mur d'enceinte. Mon regard s'attarda sur l'immense construction sans fenêtres située de l'autre côté de l'eau. Le lendemain, quand j'aurais prononcé mon discours d'adieu devant toute l'école, les gardiennes déploieraient un pont sur le lac et les Diplômées me suivraient à la queue leu leu sur l'autre rive. Dans cet énorme bâtiment, chacune allait apprendre son métier. J'avais passé des années à perfectionner mon latin, ma technique d'écriture, de peinture, des heures au piano sur des œuvres de Mozart et de Beethoven, dans le seul but d'accéder à ce bâtiment.

Sophia, major de sa promotion trois ans plus tôt, s'était tenue sur la même estrade et avait lu son discours sur nos responsabilités en tant que future élite de la Nouvelle Amérique. Elle avait parlé de son avenir de médecin et de son désir de travailler à la prévention d'autres pestes. Maintenant, elle devait certainement être en train de sauver des vies dans la capitale, la Cité des Sables. On racontait que le roi avait restauré une ville dans le désert. J'avais hâte d'y être et de peindre des portraits ou des paysages oniriques sur les murs de la Cité.

Le professeur Florence posa sa main sur mon épaule. « Tu incarnes la Nouvelle Amérique : intelligence, travail et beauté. Nous sommes si fières de toi. »

L'orchestre entonna un air dont Ruby chanta les paroles à pleins poumons. Sur la pelouse, les filles riaient et dansaient entre elles, virevoltant jusqu'à en avoir le tournis.

« Allons, mange un peu plus. » La directrice poussait Violette, une fille aux yeux bruns en amande, vers la table couverte de victuailles.

« Qu'est-ce qui lui prend ? » me demanda Pip.

« Tu connais la directrice », dis-je, prête à lui rappeler que cette femme avait 75 ans, était percluse d'arthrite et qu'elle avait perdu toute sa famille lors de la peste éradiquée il y a douze ans.

Mais Pip fit non de la tête. « Pas elle, *elle*. »

Arden était la seule élève de douzième année à ne pas faire la fête. Elle se tenait, bras croisés, appuyée contre le mur du dortoir. Même vêtue de cet horrible pull gris brodé des armoiries de la Nouvelle Monarchie Américaine et malgré son air renfrogné, elle était exceptionnellement belle. Alors que la plupart des filles de l'École se laissaient pousser les cheveux, elle avait coupé sa chevelure noire au carré, ce qui lui donnait un teint encore plus blanc. « Je sens qu'elle prépare quelque chose, dis-je à Pip sans quitter Arden des yeux. Elle prépare toujours quelque chose.

— On l'a vue traverser le lac à la nage..., chuchota Pip.

— À la nage ? Ça m'étonnerait. »

On ne nous avait jamais appris à nager.

Pip haussa les épaules. « Qui sait, avec elle ? »

Alors que la plupart des douzième année étaient entrées à l'École à l'âge de 5 ans, après l'éradication de la peste, Arden était arrivée à 8 ans. Elle avait toujours été différente. Ses parents l'avaient confiée à l'École le temps de s'installer dans la Cité des Sables. Elle adorait rappeler aux élèves que, contrairement à elles, elle n'était pas orpheline. Une fois son apprentissage terminé, elle rejoindrait ses parents dans leur nouvel appartement. Elle n'aurait jamais à travailler dans sa vie.

Pip pensait que cela expliquait le comportement

d'Arden : puisqu'elle avait des parents, elle n'avait pas peur d'être renvoyée de l'École. Son attitude rebelle s'exprimait parfois sous la forme de farces : des figues pourries dans nos flocons d'avoine, une souris morte dans le lavabo ou du dentifrice dans les cheveux. Mais elle pouvait aussi se montrer méchante, voire cruelle. Une fois, elle avait coupé la longue queue-de-cheval noire de Ruby pour se moquer du C qu'elle avait eu à l'examen sur les Dangers des Garçons et des Hommes.

Au cours des mois écoulés, Arden, contrairement à son habitude, s'était tenue à carreau. Elle arrivait la dernière aux repas et sortait de table la première. Elle était toujours seule. Je la soupçonnais de concocter son plus gros canular pour la cérémonie du lendemain.

Tout à coup, Arden se précipita vers le réfectoire. Je ne désirais pas avoir la moindre surprise pendant la cérémonie ; j'avais déjà suffisamment à faire avec mon discours. On chuchotait que le roi assisterait exceptionnellement aux festivités. Ce ne devait être qu'une rumeur lancée par Maxine, mais tout de même. C'était un jour important, le plus important de nos vies.

« Madame la directrice ? Puis-je m'excuser quelques minutes ? J'ai laissé mes vitamines dans le dortoir », dis-je en faisant semblant de les chercher dans les poches de mon uniforme.

La directrice se tenait à côté du buffet. « Combien de fois dois-je vous rappeler à toutes de les garder dans votre cartable ? Vas-y, mais ne traîne pas.

— Oui », répondis-je en cherchant Arden du regard. Elle avait déjà passé l'angle du réfectoire. « Je fais vite, madame la directrice. » Je détalai en lançant un « J'arrive tout de suite » à Pip.

Je parvins rapidement au portail principal. Arden était tapie derrière un buisson proche du bâtiment. Elle retira sa robe et enfila un pull noir.

Je m'approchai d'elle alors qu'elle chaussait des bottes de cuir noir identiques à celles que portaient les gardiennes. « Quoi que tu aies prévu, oublie ! » annonçai-je.

Elle sursauta en entendant ma voix, se figea une seconde, puis tira sur les lacets. Elle attendit une minute avant de parler calmement, sans même me regarder. « S'il te plaît, Ève, va-t'en. »

Je m'accroupis en faisant attention à ne pas salir ma robe. « Je sais que tu prépares quelque chose. Quelqu'un t'a vue au bord du lac. » Arden fixait ses bottes en faisant rapidement des doubles nœuds. Elle fourra sa robe grise dans un sac à dos caché sous le buisson. « Où as-tu volé un uniforme de gardienne ? »

Elle feignit de ne pas m'entendre et regarda à travers les branches. Je suivis son regard rivé sur le portail qui s'ouvrait lentement. Le chargement de victuailles pour la cérémonie du lendemain venait d'arriver dans une camionnette verte et noire du gouvernement. « Ça n'a rien à voir avec toi, Ève, finit-elle par dire.

— Alors, de quoi s'agit-il ? Tu te fais passer pour une gardienne ? » Je saisis mon sifflet. Je n'avais jamais dénoncé Arden, je n'avais jamais rapporté aucun de ses agissements à la directrice, mais la cérémonie était trop importante pour moi et pour tout le monde. « Je suis désolée, Arden, je ne peux pas te laisser... »

Avant que le sifflet n'atteigne ma bouche, Arden arracha la chaîne de mon cou et la jeta dans l'herbe. En un éclair, elle me plaqua contre le mur. Ses yeux étaient humides et injectés de sang.

« Écoute-moi bien, murmura-t-elle, son avant-bras contre ma trachée rendant ma respiration difficile. Je vais partir dans exactement une minute. Je te conseille de retourner à la fête et de faire comme si tu n'avais rien vu. »

À cinq mètres de là, des gardiennes déchargeaient la jeep pendant que d'autres pointaient leurs mitraillettes vers les bois. « Mais il n'y a nulle part où aller, dis-je d'une voix rauque.

— Réveille-toi ! s'énerva-t-elle. Tu crois que tu vas apprendre un métier ? » dit-elle en désignant l'immeuble en briques de l'autre côté du lac. Le jour tombait, je le distinguais à peine. « Tu ne te demandes pas pourquoi les Diplômées ne sortent jamais ? Pourquoi elles ont une entrée séparée ? Pourquoi il y a autant de grillages et de portes fermées à clé ici ? Tu crois qu'ils t'envoient là-bas pour *peindre* ? » Elle me lâcha.

Mon cou me faisait mal et la peau me brûlait à l'endroit où la chaîne avait été cassée. « Bien sûr. Qu'est-ce qu'on pourrait bien y faire d'autre ? »

Arden rit en mettant son sac sur ses épaules. Puis elle se pencha vers moi. « Enfin, Ève, 98 % de la population est morte. Morte. Comment penses-tu que le monde va continuer ? Ils n'ont pas besoin d'artistes, chuchota-t-elle. Ils ont besoin d'*enfants*. Les plus robustes qu'ils puissent trouver… ou faire.

— De quoi tu parles ? » demandai-je.

Elle se leva sans quitter la camionnette du regard. Une gardienne replia la bâche à l'arrière et s'installa au volant.

« Pourquoi penses-tu qu'on surveille autant notre taille, notre poids, ce que l'on boit et mange ? » Arden épousseta son uniforme noir et me regarda une dernière fois. Ses yeux étaient gonflés, ses veines visibles sous sa fine peau diaphane. « J'ai vu les Diplômées. Je ne veux pas finir dans un lit d'hôpital à accoucher une fois par an pendant les vingt prochaines années. »

Je chancelai, comme si elle m'avait giflée. « Tu mens, dis-je. Tu te trompes. »

Arden fit non de la tête et fonça vers la jeep en cachant ses cheveux sous sa casquette noire. Elle attendit que les gardiennes du portail se tournent avant d'approcher. « Allons-y ! » cria-t-elle, puis elle sauta dans la remorque.

Le véhicule emprunta la route de terre et disparut dans les bois. Le portail se referma lentement. Je n'en croyais pas mes yeux. Arden avait quitté l'École. Elle s'était échappée. Elle était partie dans la Zone sans rien ni personne pour la protéger.

Je n'arrivais pas à croire à ce qu'elle venait de dire. Peut-être reviendrait-elle dans quelques heures avec la jeep. Peut-être était-ce sa plus grosse farce. Mais en regardant l'immeuble sans fenêtres, je ne pus m'empêcher de trembler et de rendre les baies que j'avais mangées. Je me mis à vomir, là, sur le sol, avec une seule idée en tête : et si Arden avait raison ?

Chapitre 2

Après m'être comme les autres brossé les cheveux et les dents, lavé le visage et avoir enfilé la même chemise de nuit blanche descendant jusqu'aux chevilles, je m'étais allongé dans mon lit en faisant semblant d'être fatiguée. Le dortoir ne parlait que de la disparition d'Arden. Les filles passaient de chambre en chambre en relayant la dernière rumeur : on avait retrouvé une barrette dans les buissons, la directrice avait interrogé une gardienne près du portail. Quant à moi, au milieu de toute cette agitation, je ne désirais qu'une chose, l'une des plus difficiles à obtenir ici : être seule.

« Noëlle pense qu'Arden se cache chez le docteur, dit Ruby à Pip. Pioche. » Elles étaient assises sur le lit jumeau de Pip et jouaient à un jeu de cartes qu'elles avaient emprunté à la bibliothèque.

« Je parie qu'elle essaie d'échapper à la cérémonie de demain », ajouta Pip. Elle ne cessait de me regarder, attendant que je donne mon avis sur l'endroit où Arden pouvait être ou que je fasse un commentaire sur les gardiennes qui fouillaient les lieux avec leurs lampes torches. Je restai muette.

Je pensais à ce qu'Arden avait dit. Ces derniers mois, la directrice Burns s'intéressait davantage à notre régime alimentaire. Elle assistait à nos tests sanguins et pesées hebdomadaires et veillait à ce que nous prenions nos vitamines. Elle avait même envoyé Ruby chez le Dr Hertz quand elle avait eu ses règles une semaine après toutes les autres filles de l'École.

Je remontai la fine couverture jusqu'à mon cou. Depuis que j'étais petite, on me disait que mon avenir, comme celui de toutes les autres, était tracé. Après douze ans d'études à l'École, on apprendrait un métier dans le bâtiment situé en face. Quatre ans plus tard, direction la Cité des Sables où nous attendaient la vie et la liberté. Nous allions y travailler et y vivre selon les lois du roi. J'avais toujours écouté mes professeurs. À mes yeux, la théorie d'Arden n'avait aucun sens. Pourquoi nous enseigner la peur des hommes si c'était pour avoir des enfants et une famille ? Pourquoi nous donner une instruction poussée si nous n'étions destinées qu'à enfanter ? La directrice et les professeurs avaient toujours mis l'accent sur l'importance des études et nous avaient encouragées à les poursuivre.

« Ève ? Tu as entendu ce que j'ai dit ? » Pip interrompit mes pensées. Ruby et elle me fixaient.

« Non. Quoi ? »

Ruby rassembla les cartes. Ses épais cheveux noirs étaient courts et inégaux à l'endroit où Arden les avait coupés. « On voudrait entendre un extrait de ton discours avant de dormir. »

Je sentis ma gorge se serrer en pensant à mon allocution et aux trois pages griffonnées, en boule dans le tiroir de ma table de nuit. « C'est censé être une surprise », dis-je au bout d'un moment. J'avais écrit un texte sur le pouvoir de l'imagination dans la construction de la Nouvelle Amérique. Les mots que j'avais choisis, l'avenir que j'avais décrit, tout cela me semblait soudain bien incertain.

Ruby et Pip me dévisageaient ; je me détournai, incapable de soutenir leurs regards. Je ne pouvais pas leur raconter ce qu'Arden avait sous-entendu : la liberté que nous apporterait notre diplôme ne serait qu'une illusion créée dans le seul but de mieux nous asservir.

« OK. Fais comme tu veux. » Pip souffla la bougie posée sur sa table. Je clignai des yeux plusieurs fois pour m'habituer à l'obscurité. Les contours de son visage m'apparurent peu à peu dans le clair de lune qui filtrait par la fenêtre. « Mais *nous* sommes tes meilleures amies. »

Au bout de quelques minutes, le léger ronflement de Ruby emplit la pièce. Elle s'endormait toujours la première. Pip fixait le plafond, les mains sur le cœur. « J'ai hâte d'être diplômée. On va apprendre plein de choses et dans quelques années on sera dehors, dans la nouvelle ville au-delà de la forêt. Ce sera génial, Ève. On sera... comme de *vrais* gens. » Elle se tourna vers moi. J'espérais que, dans la faible lueur du clair de lune, elle ne voyait pas les larmes qui perlaient au coin de mes yeux.

Je me demandai quel genre de vie Pip et moi aurions réellement. Pip voulait devenir architecte, bâtir des maisons qui ne demandent aucun entretien, imperméables aux virus et équipées d'un abri rempli de conserves. Je lui avais dit qu'une fois nos formations terminées nous irions vivre ensemble dans la Cité des Sables. Nous nous installerions dans un appartement semblable à ceux décrits dans les livres, avec de grands lits et des fenêtres par lesquelles on verrait jusqu'aux confins de la Cité, là où vivent les hommes, très loin de nous. Nous apprendrions à skier sur les grandes pistes en intérieur dont nous avait parlé le professeur Etta, nous mangerions avec des couverts en argent dans des restaurants aux tables recouvertes de nappes blanches empesées. Nous choisirions nous-mêmes nos plats et la cuisson de notre viande.

« Je sais, dis-je dans un sanglot. Ce sera super. »

Je m'essuyai les yeux, soulagée lorsque la respiration de Pip ralentit enfin. Puis la culpabilité m'envahit, et la peur que, le lendemain, je ne me contente pas de prononcer un discours trompeur et nostalgique. Je risquais de mener mes amies à leur perte.

*

* *

Le sommeil ne vint pas. À 3 heures du matin, incapable de rester allongée plus longtemps, je me levai et je contemplai par la fenêtre l'espace qui nous séparait de l'enceinte. Il était vide, à l'exception d'une gardienne, identifiable à son boitillement, qui faisait sa ronde.

Notre chambre était au premier étage. Une fois la gardienne hors de vue, j'ouvris la fenêtre comme je le faisais toujours par les nuits de grande chaleur. Puis je me penchai au-dehors. Chaque année, l'École organisait des entraînements : comment agir en cas d'attaque, de tremblement de terre, d'incendie ou face à une meute de chiens. Repensant aux schémas que la directrice distribuait à la fin des cours, j'enjambai la fenêtre avant de me suspendre au rebord.

Je me laissai tomber et heurtai le sol. Je ressentis une violente douleur à la cheville, mais je me mis à courir vers le lac aussi vite que possible. De l'autre côté des eaux scintillantes, le bâtiment en briques se détachait dans le ciel violet.

Alors que je me tenais là, debout, le courage m'abandonna. Nous n'avions jamais appris à nager. Les professeurs nous racontaient souvent des histoires sur les temps d'avant la peste, quand des gens se noyaient dans les océans ou même dans leur piscine.

Je jetai un coup d'œil à la fenêtre ouverte du dortoir. Dans une minute, la gardienne arriverait munie de sa lampe torche et me surprendrait. Elle m'avait déjà trouvée dans les buissons, ma robe tachée de vomi, après la disparition d'Arden. Je lui avais expliqué que la remise des diplômes me rendait nerveuse, mieux valait cependant ne pas lui fournir plus de raisons de se méfier de moi.

J'entrai dans l'eau. Les berges étaient tapissées d'aubépines. Je retirai mes chaussettes et les enroulai autour de mes paumes pour les protéger des épines. Je m'obligeai à avancer, de l'eau jusqu'au cou. J'avais à peine parcouru un mètre lorsque le sol se déroba sous mes pieds. Ma bouche s'emplit d'eau et j'agrippai les arbustes de toutes mes forces, les épines s'enfonçant dans ma peau à travers les chaussettes. Je n'arrivais pas à reprendre ma respiration.

La gardienne se figea. Le rayon de sa torche balaya la pelouse et la surface de l'eau. Je retins mon souffle jusqu'à avoir les poumons en feu. Bientôt, la gardienne disparut de nouveau, vers l'autre côté du mur d'enceinte.

Je continuai comme ça pendant plus d'une heure, m'efforçant de ne pas faire de bruit, m'arrêtant dès que j'entendais les pas de la gardienne. Lorsque je parvins enfin sur l'autre rive, je rampai dans l'herbe boueuse. Les chaussettes autour de mes mains étaient imbibées de sang et ma chemise de nuit, mouillée et froide, collait à mon corps. Assise au pied de l'horrible bâtiment, je la retirai et l'essorai.

Ce côté du lac était étrangement vide à l'exception du pont de bois posé sur la pelouse dans l'attente de la cérémonie du lendemain. Contrairement à l'École, il n'y avait aucune fleur aux alentours. On nous avait dit que les Diplômées étaient trop occupées pour sortir, leur emploi du temps étant encore plus chargé que le nôtre. Les futures Diplômées en parlaient en cachette et s'inquiétaient du manque de soleil ; personnellement, l'idée de me consacrer corps et âme à mes études me plaisait.

Les herbes n'étaient pas suffisamment hautes pour me cacher. Je remis ma chemise de nuit humide et gagnai l'arrière du bâtiment. Il y avait bien des fenêtres, à environ un mètre cinquante du sol, mais pas du côté face à l'École.

L'espoir naquit en moi, rendant chaque mouvement plus facile. Je découvris un seau en bas du mur et m'en servis de marchepied. Mon avenir se trouvait à l'intérieur. Pourvu qu'il ressemble à celui que j'avais imaginé et non à celui qu'Arden avait fui. Je me représentais une pièce remplie de filles dans leurs lits, les murs décorés de peintures à l'huile, les tables à dessin jonchées d'esquisses et des piles de livres sur les tables de chevet. Je priai pour ne pas me tromper, pour recevoir mon diplôme le lendemain et avoir l'avenir dont je rêvais.

Les mains agrippées au rebord de la fenêtre, je me hissai et plaquai mon visage contre la vitre. J'aperçus alors une jeune fille allongée sur un lit étroit. Elle avait le ventre recouvert de compresses de gaze ensanglantées, les cheveux emmêlés et les bras attachés par des sangles de cuir.

A côté d'elle, une autre fille avait un ventre énorme, sa peau fine parcourue de veines violettes. Elle ouvrit ses yeux verts qui me fixèrent jusqu'à ce qu'ils se révulsent dans leurs orbites. C'était Sophia. Celle-là même qui avait prononcé son discours d'adieu trois ans auparavant, dans lequel elle parlait de devenir médecin.

J'étouffai un cri.

Il y avait des rangées de filles sur des lits de camp, leurs gros ventres sous des draps blancs, certains bandés. L'une avait le flanc sillonné de cicatrices boursouflées. À l'autre bout de la pièce, une fille se tordait de douleur en essayant de se libérer de ses liens. Sa bouche grande ouverte hurlait quelque chose que je ne pouvais pas entendre derrière la vitre.

Des infirmières entrèrent dans cette longue salle qui avait tout d'une usine. Le Dr Hertz, reconnaissable à ses cheveux gris et raides, leur emboîtait le pas. C'était elle qui nous donnait chaque jour nos vitamines, qui nous faisait passer un examen médical mensuel avec ses instruments froids. Elle aussi qui ne répondait jamais à nos questions et ne croisait jamais nos regards.

Le cou de la fille se contorsionna d'avant en arrière lorsque le docteur s'approcha d'elle et posa la main sur son front. La fille continua à hurler, réveillant d'autres patientes qui se mirent à se débattre et à crier. D'un geste rapide, le docteur planta une aiguille dans le bras de la fille qui se figea. La mine menaçante, le Dr Hertz brandit la seringue et les cris cessèrent.

Soudain, je perdis l'équilibre et basculai en arrière. Recroquevillée sur le sol, j'eus l'impression d'étouffer. Tout devint clair : les injections du Dr Hertz, celles qui nous rendaient nauséeuses, irritables et endolories.

La directrice caressant mes cheveux alors que j'avalais mes vitamines. Le regard dénué d'expression du professeur Agnès lorsque j'avais évoqué mon avenir de peintre.

Il n'y aurait pas de métier, pas d'appartement avec un grand lit et une fenêtre donnant sur la rue. Nous n'allions pas manger au restaurant avec des couverts en argent sur des nappes blanches empesées. Il n'y aurait que cette pièce, la puanteur des vieux bassins hygiéniques, la peau tirée jusqu'à ce qu'elle craque. Il n'y aurait que des bébés arrachés de mon ventre. On me laisserait seule à hurler et à saigner avant de m'endormir à coups de somnifère.

Je me relevai tant bien que mal et me dirigeai vers la rive. La nuit était plus noire, l'air plus frais et le lac bien plus immense que tout à l'heure. Pourtant, je ne me retournai pas. Je devais fuir ce bâtiment, cette salle, ces filles aux yeux morts.

Je devais m'échapper.

Chapitre 3

Je regagnai l'École trempée et les mains ensanglantées. Je n'avais pas pris la peine d'enrouler à nouveau mes paumes dans les chaussettes pour retraverser le lac. J'étais bien trop pressée de m'éloigner de ce bâtiment. Les épines s'étaient enfoncées dans ma peau et, insensible à la douleur, j'avais gardé les yeux fixés sur la fenêtre de ma chambre.

Je courus sur la rive pendant que la gardienne patrouillait de l'autre côté du dortoir. À l'exception de quelques torches enflammées, la pelouse était plongée dans le noir. Avant cette nuit, je n'avais jamais enfreint de règle. J'étais toujours assise avant que la classe ne commence, mes livres ouverts sur mon bureau. J'étudiais deux heures supplémentaires chaque soir. Je coupais ma viande prudemment, comme on nous l'avait appris, l'index sur le manche du couteau. À présent, une seule règle comptait. Lorsqu'elle nous avait expliqué la notion de viol dans le cadre de son cours sur les Dangers des Garçons et des Hommes, le professeur Agnès nous avait mises en garde : « N'allez jamais de l'autre côté du mur. » Elle nous avait fixées de son regard larmoyant et nous avait fait répéter en chœur : « Nous n'irons jamais de l'autre côté du mur. »

Mais aucun homme ne pouvait être pire que l'avenir que je venais de contempler. Derrière le mur, dans la Zone, si effrayante et dangereuse soit-elle, je choisirais mon chemin.

Je pourrais peut-être sortir par le portail, comme Arden. Attendre jusqu'au matin l'arrivée du dernier camion de victuailles pour la fête. Passer par une fenêtre serait plus compliqué. Celle de la bibliothèque se trouvait près du mur mais à quinze mètres du sol et il faudrait trouver un moyen de descendre.

Je me dirigeai à pas de loup vers la cage d'escalier. Je ne pouvais pas sauver tout le monde, mais je devais retourner dans la chambre et réveiller Pip. On pourrait peut-être aussi emmener Ruby. Je n'aurais que peu de temps pour leur résumer les événements et remplir un sac de vêtements, de figues et de bonbons. Nous partirions le soir même.

Je montai rapidement au premier étage et longeai le couloir en passant devant les chambres pleines de filles endormies. Par l'embrasure d'une porte, j'entrevis Violette souriant dans son sommeil, inconsciente de ce qui l'attendait le lendemain. J'étais à quelques pas de ma chambre lorsqu'une lumière inonda le couloir.

« Qui est là ? » demanda une voix éraillée.

Je me retournai lentement, mon sang se glaça dans mes veines. Le professeur Florence se tenait au bout du couloir. Dans sa main, une lampe à pétrole dessinait des ombres menaçantes sur le mur.

« J'étais seulement... », hésitai-je. L'eau du lac gouttait de ma chemise de nuit et formait une flaque à mes pieds.

Elle s'avança vers moi avec un air renfrogné. « Tu as traversé le lac, dit-elle. Tu as vu les Diplômées. »

J'acquiesçai en repensant à Sophia sur son lit d'hôpital, à ses yeux cernés, aux bleus laissés par les sangles sur ses poignets et ses chevilles. La tension monta en moi, j'étais comme une cocotte-minute près d'exploser. Je voulais hurler. Réveiller tout le monde en sursaut. Prendre cette femme par les épaules et enfoncer mes doigts dans ses bras jusqu'à ce qu'elle connaisse la douleur, la panique et le même sentiment de trahison que j'avais éprouvés.

Mais toutes ces années à rester sagement assise, à écouter et à ne parler que lorsque l'on m'adressait la parole m'avaient appris l'obéissance. De toute façon, je n'arriverais pas à convaincre les autres. Elles ne croiraient jamais qu'il n'y avait aucune formation, que tout n'était que mensonge. Elles penseraient que je déraillais. Elles diraient : Ève a craqué sous la pression de la cérémonie. Ève est devenue folle. Des Diplômées enceintes ! Ça les ferait rire. On m'enverrait dans ce bâtiment un jour avant les autres pour m'obliger à me taire.

« Je suis désolée, répondis-je. J'étais seulement... » Des larmes coulèrent sur mes joues.

Le professeur Florence prit la paume de ma main

dans la sienne et regarda mes plaies. « Je ne peux pas te laisser partir comme ça. » Ses cheveux blancs et raides effleuraient mon menton alors qu'elle m'examinait.

« Je sais, je suis désolée. Je vais retourner me coucher et... »

« Non », dit-elle calmement. Elle releva les yeux. « Ça va aller. » Elle sortit un mouchoir de la poche de sa robe de chambre et l'enroula autour de ma main. « Je peux t'aider, mais je vais d'abord m'occuper de ça. Il faut faire vite. Si la directrice te trouve, elle nous punira toutes les deux. Va chercher tes affaires et retrouve-moi en bas. »

Je l'aurais bien prise dans mes bras mais elle me poussa en direction de ma chambre. Alors que je partais, décidée à prévenir Pip et Ruby, le professeur me chuchota à l'oreille :

« Ève, tu pars seule. Ne réveille personne. » Je voulus protester, mais son ton était catégorique. « Il n'y a pas d'autre solution », dit-elle gravement, puis elle disparut dans le couloir, la lampe se balançant au bout de sa main.

Dans l'obscurité de ma chambre, je remplis mon sac à dos sans faire de bruit. Pip était allongée dans son lit. « « Tu pars seule. » La consigne du professeur tournait en boucle dans ma tête. Cependant, j'avais passé ma vie à faire ce que l'on me disait et j'avais été dupée. Pourquoi ne pas réveiller Pip et demander au professeur de nous aider ? Et si Pip ne me croyait pas ? Et si elle réveillait les autres ? Et si le professeur disait qu'il était trop risqué de partir à plusieurs ? Ce serait fichu pour nous deux. Pour toujours.

Je pris mon pantalon de jogging et la pochette de soie contenant mes objets précieux : un oiseau en plastique que j'avais trouvé dans la boue des années auparavant, le papier d'emballage doré du premier bonbon que la directrice m'avait donné, le petit bracelet en argent terni qui datait de mon arrivée à l'École à l'âge de 5 ans et enfin une lettre de ma mère, cornée et jaunie par le temps.

Je refermai mon sac en regrettant de ne pas avoir plus de temps. J'observai le pâle visage endormi de Pip. Une fois, j'avais lu dans l'un des livres datant d'avant la peste qu'aimer, c'est être témoin. C'est assister à la vie de l'autre, être simplement là pour dire : *Ta vie vaut la peine d'être regardée.* Si c'est vrai, alors je n'ai jamais aimé quiconque autant que Pip et personne ne m'a jamais autant aimée qu'elle. Pip était là lorsque je m'étais tordu la cheville en faisant l'équilibre sur la pelouse. Elle m'avait réconfortée lorsque j'avais perdu ma barrette bleue, celle qui avait appartenu à ma mère. Et c'était elle qui chantait avec moi sous la douche les chansons que nous avions découvertes en écoutant des disques dénichés aux archives. Pip chantait à tue-tête et légèrement faux, *Let it be! Let it be! Whisper words of wisdom, let it beeeee.*

Je me dirigeai vers la porte et je me retournai une dernière fois. Pip m'avait entendue pleurer pendant ma première nuit à l'École. Elle s'était allongée à côté de moi et m'avait prise dans ses bras. Elle avait pointé du doigt le plafond et m'avait dit que nos mères étaient au paradis et veillaient sur nous.

« Je reviendrai te chercher. » J'étouffai un sanglot. « Promis. »

C'était le moment ou jamais. Je courus dans le couloir et dévalai l'escalier jusqu'au cabinet du docteur où le professeur m'attendait avec un sac de provisions.

Elle retira les épines de ma main avec une pince à épiler, puis me fit un pansement. Elle resta muette un long moment, les yeux fixés sur la gaze alors qu'elle l'enroulait autour de ma main.

« Tout a commencé avec les spécialistes de la fécondité, dit-elle. Le roi croyait que la science était la solution pour repeupler la planète rapidement sans les complications dues à la famille, au mariage et à l'amour. Il pensait que si vous receviez une bonne éducation, vous seriez *calmes et épanouies*. Que si vous aviez peur des hommes, vous enfanteriez sans eux de votre plein gré. Parmi les premières Diplômées, certaines étaient d'accord. Mais la procédure est extrême et il y a souvent des complications dues aux grossesses multiples. Ces dernières années, c'est devenu encore pire et j'ai bien peur que ça ne s'arrange pas. »

Je jetai un coup d'œil au tiroir dans lequel le Dr Hertz rangeait notre injection hebdomadaire, celle qui rendait nos seins douloureux et donnait aux filles des crampes si insupportables qu'elles se pliaient en deux de douleur. L'étagère croulait sous les bocaux de vitamines qu'on avalait matin, midi et soir comme des poisons colorés enrobés de sucre.

« Vous avez toujours su, pour les Diplômées ? » demandai-je.

Le professeur regarda à travers les stores. Une fois certaine que la gardienne était passée, elle me fit signe de la suivre et d'emprunter la porte de derrière. Quand j'entendis les chiens sauvages hurler au loin, mon cœur se mit à battre plus fort. Nous longeâmes le mur. Elle se retourna pour s'assurer que nous étions hors de vue de la gardienne et elle chuchota : « Il y a d'abord eu la peste, puis le vaccin qui n'a fait qu'aggraver la situation. Le monde n'était que mort, Ève. C'était le chaos, les gens étaient perdus, effrayés. Le roi est monté sur le trône et il m'a fallu prendre ma décision : le suivre ou rester seule dans la Zone. »

Elle parlait sans me regarder, mais je voyais ses yeux se remplir de larmes. Je pensais au discours annuel : nous nous rassemblions toutes dans la salle à manger et écoutions l'unique poste de radio posé sur la table, devant la directrice. La voix du roi, Notre Grand Leader, le Seul Homme à Respecter, nous parvenait à travers de vieux haut-parleurs. Il évoquait pour nous les progrès de la Cité des Sables, les gratte-ciel en cours de construction, le mur qui nous protégerait des armées, des virus et des menaces venus du monde extérieur. Il disait que la Nouvelle Amérique commençait là.

« J'avais déjà 50 ans, continua le professeur. Tous les membres de ma famille étaient morts. Je n'avais pas le choix. Je ne pouvais pas survivre seule. Toi, en revanche, tu as l'occasion que je n'ai pas eue. »

Nous arrivâmes au pied du pommier dont les branches s'étiraient jusqu'au mur. « Où vais-je aller ? demandai-je d'une voix tremblante.

— Marche droit devant toi. Dans trois kilomètres, tu parviendras à une route. » Ses fines lèvres gercées bougeaient doucement. « Sois prudente. Suis le panneau Route 80 vers l'ouest, en direction du soleil couchant. Marche sur le bas-côté, pas sur la chaussée.

— Et après ? »

Elle plongea la main dans la poche de sa robe de chambre et en sortit une clé.

« Si tu poursuis ton chemin, tu arriveras au bord de l'océan. Il y a un campement de l'autre côté du pont rouge. J'ai entendu dire qu'il s'appelle Califia. Là-bas, on te protégera.

— Et la Cité des Sables ? m'enquis-je, devinant que la conversation touchait à son terme alors que j'avais encore beaucoup de questions. Que deviennent les bébés ? Qui s'en occupe ? Et les Diplômées ? Elles finissent par sortir ?

— Les bébés sont emmenés dans la Cité. Les Diplômées… » Elle gardait la tête baissée, occupée à tâtonner le long du mur. « Elles sont au service du roi. Elles ne sortent que si et quand il le décide et lorsqu'elles ont eu suffisamment d'enfants. »

Derrière les branches se dissimulait un trou si petit qu'on le voyait à peine. Le professeur Florence y inséra la clé, la tourna et le mur s'ouvrit ; c'était une porte. Elle jeta un coup d'œil par-dessus son épaule.

« C'est censé être une issue de secours », dit-elle.

La forêt s'étendait devant moi, les collines éclairées par la pleine lune. Je me tenais enfin devant l'endroit d'où je venais et où j'allais. Je voulais interroger le professeur sur Califia et les embûches que me réservait mon périple quand le faisceau de la lampe torche de la gardienne troua soudain l'obscurité à l'angle du dortoir.

Le professeur Florence me pressa. « Vite ! Va-t'en ! »

La porte se ferma derrière moi aussi brusquement qu'elle s'était ouverte, me laissant seule dans la nuit froide.

Chapitre 4

En ouvrant les paupières, j'aperçus le ciel : une étendue bleue bien plus grande que ce que j'avais imaginé. Pendant mes douze années à l'École, il s'était résumé à une bande entre deux murs.

La nuit précédente, j'avais couru aussi vite et aussi loin que possible, trop effrayée pour m'arrêter. Je m'étais glissée sous des ponts en ruine et j'avais traversé des ravins, jusqu'à ce que je distingue le panneau Route 80 à la lueur de la lune. Alors seulement, je m'étais arrêtée, les jambes trop fatiguées pour me porter plus loin, la gorge sèche et le bas de mon pantalon maculé de boue.

Je me levai et grimpai au sommet du talus. Je regardai au loin dans la lumière du matin. Les collines étaient couvertes de buissons envahis de ronces, d'une herbe étonnamment verte et d'arbres aux troncs sinueux. Je me mis à rire en repensant aux photos que j'avais vues du monde d'avant la peste : des pelouses impeccablement entretenues, des rangées de maisons bordant des rues goudronnées, leurs haies taillées au cordeau. Elles ne correspondaient en rien à ce que j'avais sous les yeux.

Une biche bondit dans une station-service abandonnée. Avant la peste, presque tout marchait à l'essence, mais les raffineries de pétrole avaient fermé, faute de personnel. Désormais, seul le gouvernement en utilisait et un quota était réservé aux Écoles. La biche broutait l'herbe qui avait poussé entre les pompes rouillées. Dans le ciel, des nuées d'oiseaux changèrent de direction.

« Y a quelqu'un ? demanda une voix. Y a quelqu'un ? »

Terrifiée, je fis volte-face en direction de la voix masculine. Je me souvenais des histoires qu'on nous avait racontées sur les gangs de renégats qui campaient dans la forêt et vivaient dans les arbres. Mon regard s'arrêta sur une cabane tapissée de lierre à quelques mètres de là.

La voix parla de nouveau. « La ferme ! »

Je me figeai. Nous n'avions pas le droit d'utiliser ce type de langage à l'École. Il n'était pas « convenable » et nous ne le connaissions que par les livres.

« La ferme ! » La voix provenait de quelque part au-dessus de moi.

Je levai la tête. Un gros perroquet rouge, perché sur le toit de la cabane, m'observait.

« Dring, dring ! Dring, dring ! Qui est-ce ? »

Pip et moi avions vu un perroquet dans un livre pour enfants sur un pirate qui avait dérobé un trésor.

Pip. À trois kilomètres d'ici, elle découvrait mon lit vide et froid. On modifiait probablement l'organisation de la cérémonie en hâte. Ruby et elle devaient sûrement croire qu'on m'avait enlevée, incapables d'imaginer que je puisse partir de mon plein gré. Peut-être qu'Amelia, la seconde de la promotion, prononcerait mon discours et mènerait les filles au-delà du pont. Quand se rendraient-elles compte de la vérité ? Lorsqu'elles poseraient le pied sur l'autre rive ? Lorsque les portes s'ouvriraient sur la salle au sol en ciment ?

Je tendis la main vers l'oiseau qui s'éloigna. « Comment t'appelles-tu ? » demandai-je.

L'oiseau me fixa de ses yeux noirs et perçants. « Peter ! Où es-tu, Peter ? dit-il en sautillant le long du toit.

— Peter était ton maître ? » demandai-je. Le perroquet lissa ses plumes avec ses serres. « D'où viens-tu ? » J'imaginais que Peter était mort pendant la peste ou qu'il avait abandonné l'oiseau au milieu du chaos qui avait suivi. Le perroquet avait cependant survécu pendant plus de dix ans, ce qui me remplit d'espoir.

L'oiseau finit par s'envoler et ne devint qu'un petit point rouge dans le ciel bleu. Mon regard se posa ensuite sur des silhouettes qui se dirigeaient vers la route en passant par la colline boisée. Même à soixante mètres, je distinguais leurs fusils.

À la vue de ces étranges individus, je fus d'abord frappée de stupeur. Ils étaient plus grands et plus forts que des femmes, même leur démarche était différente, plus lourde. Ils portaient tous des pantalons et des bottes. Certains n'avaient pas de chemise, exposant ainsi leur torse hâlé par le soleil.

L'un d'entre eux visa la biche près des pompes à essence. Elle s'écroula après le premier tir, ses pattes battant dans le vide. Ce n'est qu'à ce moment-là que la panique m'envahit. J'étais au milieu de la Zone en plein jour, un gang à quelques dizaines de mètres de moi. La porte de la cabane était fermée par un verrou enfoui sous le lierre.

Le gang se rapprochait. Je tirai frénétiquement sur le verrou, je tapai dessus dans l'espoir qu'il se casse. *Je t'en supplie, ouvre-toi.* Cachée derrière la cabane, je risquai un coup d'œil. Les hommes étaient sous l'auvent de la station-service, regroupés autour de la biche. L'un d'eux, muni d'un couteau, éventra l'animal aussi aisément que s'il épluchait un fruit. La biche se contorsionna ; elle était encore vivante.

Je secouai la porte en espérant soudain que la directrice apparaisse sur la route et que des gardiennes me fassent monter dans une jeep du gouvernement. Nous partirions, les hommes nous tirant dessus jusqu'à ce qu'ils deviennent des points au loin. Jusqu'à ce que je sois en sécurité.

Mais mon rêve s'évanouit. La directrice n'était pas ma protectrice et l'École n'était plus un lieu sûr.

Je n'étais en sécurité nulle part.

Le verrou finit par céder et je m'étalai dans la cabane. Je tirai mon sac à dos à l'intérieur et fermai la porte. Un couloir étroit me mena à une plus grande pièce. Les vitres étaient trop sales et envahies de vigne vierge pour voir à l'extérieur. Tandis que je progressais, je me rendis compte que ce n'était pas une cabane mais une longue maison à flanc de colline, à moitié recouverte par la végétation. Je continuai à avancer à tâtons dans la pièce. Les murs avaient la rugosité irrégulière de la pierre.

Les étranges voix se rapprochèrent. « Allez, Raff. Balance la peau dans le sac et foutons le camp.

— Va te faire foutre, crétin », répondit un autre. Leurs voix étaient rauques.

J'avais suivi le cours sur les Dangers des Garçons et des Hommes et appris toutes les situations dans lesquelles les femmes étaient le plus vulnérables. Nous avions tout d'abord abordé la Manipulation et la Peine de Cœur en étudiant *Roméo et Juliette* et la façon dont Roméo avait séduit Juliette pour finalement la mener à sa mort. Le professeur Mildred avait donné un cours sur les rapports hommes-femmes avant la peste et sur l'euphorie du début d'une relation se transformant rapidement en désespoir. Elle avait pleuré en racontant comment son « amour » l'avait quittée après la naissance de leur premier enfant, une petite fille victime par la suite de l'épidémie. Il avait prétendu avoir l'esprit « troublé ». Pendant le cours sur l'Esclavage Domestique, nous avions vu de vieilles publicités avec des femmes portant des tabliers. Mais le cours sur la Mentalité du Gang était le plus effrayant.

Le professeur Agnès nous avait montré des images prises par les caméras de sécurité installées sur le mur d'enceinte. Malgré leur manque de netteté, on discernait trois hommes qui en coinçaient un quatrième, lui volaient ses réserves de nourriture et l'abattaient d'un coup de fusil. Pendant des semaines, je m'étais réveillée en sueur au milieu de la nuit, incapable d'effacer le souvenir du corps de l'homme affalé sur le sol, les jambes tordues.

« T'avais pas besoin d'une autre peau, chasseur de mes deux ! » hurla une autre voix.

Je m'enfonçai un peu plus loin dans la maison jusqu'à me blottir contre un mur instable. L'air, chaud et lourd, sentait la moisissure et une substance chimique. Je remontai ma chemise sur mon visage pour tenter d'étouffer le bruit de ma respiration.

Ils étaient à présent vraiment très près. Des branches craquaient sous leurs pas. Quelqu'un s'arrêta devant la cabane. « Qu'est-ce que c'est ? » demanda un autre. Sa voix était plus distante. Il était peut-être sur la route.

Il se racla la gorge et je fus prise de panique. Je m'accrochai aux pierres du mur en essayant de me calmer, les yeux fermés. *Partez, je vous en prie, je vous en supplie !*

« Le verrou est cassé ! Continuez, moi, je vais jeter un coup d'œil à l'intérieur. »

J'aurais voulu disparaître dans les pierres. J'avais suivi tant de cours sur la Zone. Le professeur Hélène nous avait montré les photos d'une femme au visage déchiqueté par un chien enragé. Mais on ne nous avait jamais appris la moindre technique de survie au cas où nous serions livrées à nous-mêmes. Je ne savais pas faire du feu, chasser ou me battre. *Revenez*, nous avait simplement dit notre professeur. *Faites tout ce que vous pouvez pour revenir à l'École.*

La porte s'ouvrit violemment. Je m'attendais qu'il me traîne à l'extérieur. Mais, lorsque la lumière pénétra dans la cabane, j'oubliai le gang, les images qu'on avait visionnées en classe ou l'homme qui se tenait à cinq mètres de moi : les murs n'étaient pas en pierre mais constitués de centaines de crânes. Je me couvris la bouche pour m'empêcher de crier.

« C'est une morgue », cria l'homme. Il referma la porte derrière lui, me laissant dans l'obscurité, seule avec les squelettes.

Je restai là, tremblante, pendant des heures, jusqu'à ce que je sois sûre que les hommes étaient partis.

CHAPITRE 5

Au huitième jour, les jambes me faisaient mal et la gorge me brûlait. Je me déplaçais à grand-peine à travers les buissons touffus le long de la route, repoussant les branchages avec un bâton que j'utilisais comme canne. Je me répétais que j'atteindrais Califia, que je serais bientôt en sécurité, que tant que je me cachais dans la végétation, les gangs ne me trouveraient pas. Mais ma bouteille d'eau était vide depuis longtemps. J'étais au bord de l'épuisement. Je transpirais et je tremblais en même temps.

Je m'étais dirigée vers l'ouest comme me l'avait conseillé le professeur Florence. La nuit, lorsque la température chutait, je dormais dans les penderies des maisons abandonnées ou dans les garages, à côté des carcasses de voitures. Lorsque je trouvais un endroit que je jugeais sûr, je m'y attardais. Je mangeais les pommes que le professeur m'avait données. Je ne cessais de repenser à cette nuit à l'École, à me demander si les choses auraient pu se passer différemment, si j'aurais dû prendre le risque de réveiller Pip, d'essayer de la sauver. Je sanglotais en l'imaginant ligotée à l'un de ces lits, seule et apeurée, se demandant pourquoi je l'avais abandonnée.

Je fus vite à court de nourriture. Les placards des maisons étaient vides, dévalisés par les survivants. Je cueillis des baies, sans parvenir à apaiser ma faim. Je m'affaiblissais, mes pas se ralentissaient et bientôt il me fut impossible de marcher plus de cinq cents mètres sans faire de pause. Alors, je m'arrêtais au pied des arbres et je regardais les biches bondir dans les herbes hautes.

Parfois, juste avant le coucher du soleil, je sortais la pochette de mon sac à dos pour regarder mes possessions, surtout le bracelet, si petit que je pouvais à peine y passer trois doigts.

Comme toutes les filles de l'École, j'étais orpheline. J'étais arrivée à l'âge de 5 ans, après la mort de ma mère. Je n'avais jamais connu mon père. Ces objets étaient les uniques vestiges rescapés de mon passé, à l'exception de quelques souvenirs (plutôt des sensations) de ma mère démêlant mes cheveux mouillés ou de son parfum lorsqu'elle me berçait. Une fois, j'avais lu que les personnes amputées souffraient de douleurs provenant du membre qu'elles n'avaient plus, appelé membre fantôme. J'avais le même sentiment. Ma mère n'était plus qu'une douleur personnifiant une chose que j'avais perdue.

J'avançais en m'appuyant de plus en plus sur mon bâton. Tout à coup, j'aperçus une petite piscine en plastique contenant de l'eau de pluie, une véritable oasis turquoise au milieu des herbes folles. Je clignai des yeux pour être sûre que je n'étais pas victime d'une hallucination. Je courus et plongeai mes lèvres dans l'eau. Peut-être n'était-elle pas potable, mais c'était si agréable que je bus jusqu'à ce que mon estomac soit rempli. En me relevant, je remarquai à la surface le reflet d'une maison éclairée. J'ignorais qui était là et si l'on pourrait m'aider, cependant je devais en avoir le cœur net.

Dans le jardin, une balançoire à moitié cassée disparaissait sous le lierre. Je passai près d'un toboggan troué et m'approchai d'une fenêtre. Je jetai un coup d'œil à l'intérieur. Le salon, petit, était simplement meublé d'un canapé pourri et de vieilles photos accrochées au mur. Une silhouette encapuchonnée cuisinait au-dessus d'un feu.

L'odeur de viande vint chatouiller mes narines et me fit saliver. La silhouette mordit dans une cuisse de lapin.

De l'une des fenêtres de la bibliothèque, j'avais déjà vu des vagabonds longer le mur. Ils ne faisaient partie ni de gangs ni du gouvernement, c'étaient simplement des gens qui vivaient dans la Zone. On nous avait dit qu'ils étaient dangereux, mais celui-ci avait la carrure d'une femme, ce qui me rassurait.

« Bonjour ! dis-je par la fenêtre. S'il vous plaît, j'ai besoin d'aide. »

L'inconnu se redressa brutalement et se colla au mur, un couteau à la main.

« Montre-toi ! » Sa capuche était si profonde qu'elle cachait la moitié de son visage mais le feu éclairait ses lèvres délicates, luisantes de gras.

« D'accord », dis-je en levant les mains. J'entrai en enjambant la fenêtre. « Je n'ai plus de rien à manger. »

L'inconnu pointait son couteau dans ma direction. Il portait le treillis typique des employés du gouvernement et un sweat à capuche bien trop grand. Je ne distinguais pas ses yeux.

Puis j'aperçus un sac à dos ouvert contenant l'uniforme de l'École. Je remarquai alors ses bottes noires, sa haute taille et le grain de beauté au-dessus de ses lèvres. *« Arden ? »*

Elle baissa sa capuche. Ses cheveux noirs étaient pleins de poussière et sa peau d'albâtre, brûlée par le soleil.

Je l'étreignis comme si elle était la dernière chose à laquelle je pouvais me raccrocher. J'inspirai profondément. L'odeur de nos vêtements imprégnés de sueur ne me gênait même pas.

Arden était ici. Vivante. Avec moi.

« Qu'est-ce que tu fabriques ? me demanda-t-elle en me repoussant. Comment es-tu arrivée ici ? » Son visage était plein de haine et je me souvins soudain qu'elle me détestait.

Je m'assis sur un tapis moisi, sonnée. « Je me suis échappée. Tu avais raison. J'ai vu les filles dans la pièce au sol en ciment. » Arden faisait les cent pas devant le feu, son couteau entre les mains. « J'ai suivi la Route 80… » Je me tus, consciente qu'elle avait dû faire la même chose. « Califia doit être à une semaine de marche, nous trouverons bientôt le pont rouge… »

Arden tapotait le plat de son couteau contre sa jambe. « Tu ne peux pas rester avec moi. C'est impossible. Je suis désolée, il va falloir que tu…

— Non. » Je repensai aux rats géants qui grimpaient sur mes jambes la nuit, à mon lamentable essai de chasse. « Tu ne peux pas me rejeter, Arden. »

Elle passa la pointe de son couteau sur les briques de la cheminée ; le crissement me hérissa le poil. « Ce n'est pas un jeu, Ève. On n'est pas en vacances. » Elle désigna la fenêtre. « Dehors, il y a des hommes, des chiens et toutes sortes d'animaux sauvages qui veulent nous tuer. Tu n'es pas capable de suivre. Je ne peux pas prendre ce risque. Il vaut mieux que chacune parte de son côté. »

J'étais abasourdie par sa cruauté. Si je découvrais une élève de deuxième année dans la jungle, la jambe cassée, je ne l'abandonnerais pas. Ce serait la condamner à mort.

« Je sais bien que ce n'est pas un jeu. C'est précisément pour ça qu'on devrait rester ensemble. » J'avais besoin d'Arden, mais je n'arrivais pas à trouver un argument pour qu'elle veuille de moi. « Je peux t'aider. »

Arden s'affala dans le vieux canapé dont les ressorts perforaient les coussins. « Ah bon ? Et comment ça ? » Elle retira un cafard mort de ses cheveux emmêlés et le jeta dans le feu.

« Je suis intelligente. Je sais lire des cartes et utiliser une boussole. Et puis, je pourrai faire le guet. »

Arden renâcla. « Il n'y a ni carte ni boussole, Ève. Et tu es *cultivée*, corrigea-t-elle en levant l'index. Cela ne signifie rien ici. Tu sais pêcher ? Chasser ? Tu pourrais tuer quelqu'un si j'étais en danger ? »

J'avalai ma salive. Je connaissais la réponse : *non*. Bien sûr que non. Je n'avais même jamais tué une limace. J'avais dénoncé les filles qui les saupoudraient de sel et les regardaient se tortiller. Cependant, je voulais prouver à Arden que toutes ces années que j'avais passées à la bibliothèque n'avaient pas été inutiles.

« La directrice m'a donné la Médaille de la Réussite… »

Arden éclata de rire. « Tu es vraiment drôle. Je m'en sors très bien toute seule. Toi, en revanche… »

Je baissai la tête et je me vis à travers ses yeux. Mon pull était déchiré, mes paumes couvertes de croûtes et mes bras nus malgré le froid. Je n'avais ni eau ni nourriture ; j'étais en position de faiblesse. Je sentis monter les larmes.

« Tu ne comprends rien. Tu as des parents, quelque part où aller. Tu ne sais pas ce que c'est d'être toute seule. »

Je me mis à pleurer. Je ne voulais pas finir seule dans les bois. Je ne voulais pas mourir de faim ou être capturée par un homme. Je ne voulais pas *mourir*.

Au bout de quelques minutes, je notai qu'Arden s'était levée du canapé et avait mis un autre morceau de lapin à rôtir. « Pas besoin de faire le bébé », me dit-elle en me tendant la viande. Je la dévorai, toutes mes bonnes manières envolées.

« Je ne peux pas perdre plus de temps, reprit-elle. Mes parents savent sans doute que j'ai quitté l'École et ils doivent me rechercher. »

J'eus envie de lever les yeux au ciel. Même là, perdue dans la Zone, il fallait qu'elle se vante d'avoir des parents ! Dans un instant, elle allait me parler de la maison de trois étages dans laquelle ils vivaient, du grand lit dans lequel elle dormait, de la peine qu'elle avait eue à dire au revoir aux domestiques, à renoncer aux services en porcelaine et aux sorties au théâtre, ne serait-ce que pour quelques années.

« Tu peux rester cette nuit, après on verra », dit-elle en me lançant une couverture grise en lambeaux.

Je me blottis dedans alors que le feu mourait. « Merci.

— Pas de problème. » Arden se tourna dans son amas de couettes qu'elle avait installées sur le canapé. « J'ai récupéré la couverture sur un squelette à quelques kilomètres d'ici. »

Je jetai aussitôt la couverture et m'adossai au mur.

Je me fichais que mes dents claquent de froid comme les nuits précédentes.

Aux pâles rayons de la lune, j'observai les photographies en face de moi. Des gens posaient devant la maison, un sourire jusqu'aux oreilles, aussi ignorants de leur avenir que je l'étais du mien.

CHAPITRE 6

Le lendemain après-midi, Arden et moi traversâmes un champ de tournesols. Nous nous étions à peine parlé, pour nous mettre d'accord sur le menu du petit déjeuner (du lapin rôti), ce que j'avais considéré comme un bon signe. Je m'attendais à me réveiller sans nourriture, ni couverture, ni Arden. Mais elle ne m'avait pas abandonnée et je me demandais si son silence signifiait que nous allions voyager ensemble. Je l'espérais, au moins pour mon estomac.

Nous parcourûmes les rues d'un quartier abandonné, envahies par les mauvaises herbes. Les toits des maisons s'étaient écroulés, la vigne vierge avait transformé quelques paniers de basket en buissons fleuris. Nous vîmes des carcasses de vieilles voitures, le pare-brise en miettes et les portières scellées par la rouille. Deux cercueils vermoulus se trouvaient au milieu d'une allée où la végétation avait repris ses droits : un pour un adulte, un pour un enfant.

Pendant les derniers jours de la vie de ma mère,

je jouais dehors, seule. Elle m'avait interdit d'entrer dans sa chambre de peur que je n'attrape sa maladie. J'allongeais ma poupée sur le banc en pierre de notre jardin et je l'enduisais de pommades concoctées avec des feuilles écrasées et de la boue. Je lui disais : « Tu te sentiras mieux bientôt », alors que j'entendais les pleurs de ma mère par la fenêtre entrouverte. Je lui chuchotais : « Le docteur va arriver, il va te sauver. Il est juste très occupé pour l'instant. »

« Tu broies du noir, hein ? » dit Arden. Elle me tira par le bras. Je m'étais arrêtée devant les bières, les yeux rivés sur la plus petite.

« Désolée. » Je continuai à marcher en essayant de chasser ma mélancolie. Consciente qu'Arden ne pouvait pas me comprendre, je me sentais encore plus triste et esseulée. Je cueillis quelques fleurs sauvages dont les couleurs vives me mirent du baume au cœur.

« J'ai décidé que nous ferions la route jusqu'à Califia ensemble, dit Arden au milieu des herbes hautes. Mais après, tu te débrouilles. Je me reposerai là-bas avant de repartir. Il faudra que je trouve un moyen de rejoindre mes parents dans la Cité des Sables.

— Vraiment ? m'écriai-je, ma tristesse cédant la place au soulagement. Oh, Arden, je... »

Elle se retourna. Elle plissa les yeux à cause du soleil. « Du calme. Je peux encore changer d'avis... »

Nous cheminâmes en silence pendant un bon moment. Je pensais à l'École, à la nuit où j'étais partie. On disait qu'Arden avait traversé le lac à la nage. Ce jour-là, après avoir mangé la viande qu'elle avait chassée, écorchée et cuite, cela ne me semblait plus si invraisemblable. Je finis par lui demander : « C'est vrai que tu sais nager ?

— Tu as entendu ça où ? » Arden retira son sweat à capuche noir. Ses bras étaient très blancs, ses épaules parsemées de taches de rousseur.

« Quelqu'un t'a vue. » Je ne lui avouai pas qu'il m'avait fallu une heure pour franchir le lac, agrippée aux branches d'aubépine.

Arden sourit, comme si elle se remémorait quelque chose de drôle. « J'ai appris toute seule. Tu n'y aurais jamais pensé, hein, Miss major de sa promo ? »

J'ignorai le sarcasme. « Tu n'avais pas peur de te faire attraper ? » Devant nous, un lapin gris bondit sur la route.

« En principe, les gardiennes ne sortent pas après minuit, sauf si on leur en donne l'ordre. La plupart du temps, les terrains de l'École sont plutôt calmes. » Arden s'approcha du lapin, son couteau à la main. Ce dernier se figea alors qu'elle avançait lentement.

Je ne pouvais pas m'empêcher de l'imaginer en train de nager. D'ailleurs, je n'avais jamais vu personne le faire. Avait-elle battu des bras ? S'était-elle accrochée à une branche d'arbre ? À une corde ? « Mais tu ne craignais pas de te noyer ? »

Au son de ma voix, le lapin disparut dans des herbes folles.

« Bien joué, Ève, râla Arden en replaçant le couteau dans sa ceinture. J'adorerais avoir une conversation à cœur ouvert, mais je dois chasser pour notre dîner. » Sans se retourner, elle se fila entre deux bâtiments.

« Je me trouverais de quoi dîner moi-même, hurlai-je. On se retrouve à la maison ? »

Elle ne répondit pas. Je parvins bientôt à un centre commercial décrépit. Un ancien restaurant surmonté d'un M jaune gigantesque était à peine visible au milieu de la vigne vierge et de la mousse. Un magasin immense se dressait au bout du pâté de maisons. Sa façade était en bon état, mais il manquait quelques lettres à son enseigne. Près des vitrines brisées, on avait bombé : ZONE DE QUARANTAINE. ENTREZ À VOS RISQUES ET PÉRILS.

Lorsque le camion avait forcé les barricades pour évacuer tous les enfants en bonne santé, ma mère avait supplié qu'on m'emmène. Je m'étais agrippée au réverbère devant la maison. Je voulais désespérément rester. Mes efforts avaient été vains. Elle était apparue sur le pas de la porte pendant qu'on me hissait à l'arrière du véhicule. Elle saignait du nez. Ses yeux étaient enfoncés. Elle était d'une maigreur effrayante. Elle m'avait dit au revoir de la main et m'avait envoyé un baiser.

Là, en traversant la ville abandonnée, je m'évertuais à ne pas voir les immenses croix en bois sur les parkings ou les tas d'ossements tapissés de mousse. Mais la mort avait laissé des traces partout. De l'autre côté de la rue, la vitrine d'une boutique était barricadée avec des planches. Des cercueils étaient entreposés dans une autre. Je fixais le X peint à la peinture rouge à côté d'une benne à ordures lorsque quelque chose bougea devant moi. Un ourson traversa la route nonchalamment et me regarda avant de se concentrer derechef sur une boîte de conserve rouillée qu'il essayait d'ouvrir.

Il me rappela *Winnie l'ourson*, le livre que le professeur Florence nous lisait lorsque nous étions enfants, sur un ours et son ami Christopher Robin. Le professeur nous avait mises en garde, la plupart des ours n'étaient pas aussi affectueux ; toutefois, cet ourson me paraissait trop petit pour représenter un danger.

J'approchai doucement la main de son museau pour ne pas l'effrayer. Il renifla mon bras de sa truffe humide. Je caressai sa fourrure brune qui grattait agréablement ma peau.

« Tu ressembles à Winnie », dis-je. Il s'éloigna pour flairer d'autres boîtes de conserve. Je me demandai si Arden m'autoriserait à le garder avec nous quelque temps. Je n'avais jamais eu d'animal de compagnie.

Je tendis encore la main, mais je me figeai en entendant un grognement assourdissant. Au bord de la route, une ourse gigantesque se tenait sur ses pattes arrière. Elle était bien plus grande que moi.

L'ourson trottina vers elle. L'ourse gronda en montrant les crocs. Je me relevai, terrifiée. Je tremblais de tout mon corps. Elle chargea. Mes maigres bras ne constituaient qu'un bouclier ridicule face à une telle masse. C'est alors que quelque chose l'atteignit en pleine face.

Une pierre. L'ourse grogna de nouveau et une autre

pierre lui heurta la tête. Elle s'écroula de tout son poids. Je me retournai. Un garçon, couvert de saletés, chevauchait un cheval noir, un lance-pierre à la main. Sa peau était burinée par le soleil et son torse musclé, maculé de boue.

« Tu ferais bien de monter, dit-il en fourrant sa fronde dans la poche arrière de son pantalon. C'est loin d'être terminé. »

Je lançai un coup d'œil à l'ourse momentanément sonnée. Je ne savais pas quel était le pire : être tuée par un animal sauvage ou être emmenée par un homme de Néandertal sur son cheval. Le garçon me tendit la main. Ses ongles étaient noirs.

« Allez ! » me dit-il.

Il me hissa en croupe derrière lui. Il sentait la sueur et la fumée.

« Hue ! » cria-t-il, et nous partîmes au galop. Un bras enroulé autour de sa taille, je risquai un regard derrière moi. L'ourse colossale nous courait après.

Le garçon guida sa monture hors de la route en direction d'un vaste champ. L'ourse était si près qu'elle effleura la queue du cheval d'un coup de patte.

« Plus vite ! Il faut aller plus vite ! » hurlai-je.

Le cheval accéléra mais l'ourse, toujours trop près, ne montrait aucun signe de fatigue. Je sentais mes jambes ruisseler de sueur et glisser. Je m'agrippai au garçon, enfonçant les ongles dans sa peau. Il se pencha et le vent siffla au-dessus de nos têtes. L'ourse fit claquer ses mâchoires.

En regardant par-dessus l'épaule du garçon, j'aperçus

une tranchée de près d'un mètre cinquante de large et de cinq mètres de profondeur – sans doute une ancienne canalisation d'évacuation des eaux usées. « Attention ! criai-je.

— Et si tu me laissais m'occuper de la route, hein ? » hurla le garçon en accélérant l'allure. Derrière, l'ourse nous poursuivait toujours.

« Ne fais pas ça », dis-je alors que nous approchions de la tranchée au galop. Si nous ne parvenions pas à la franchir, l'ourse nous réduirait sûrement en pièces. « S'il te plaît, ne fais pas ça. » Mais le cheval avait déjà amorçé son saut, les pattes avant tendues.

Mon estomac se retourna. J'eus l'impression d'être en apesanteur pendant un instant, puis il y eut le choc des sabots sur le sol. Nous avions réussi !

Je me retournai une nouvelle fois ; j'avais peur que l'ourse ne soit sur nos talons. Mais la dernière chose que j'entendis fut son grognement quand elle dérapa et atterrit au fond de la tranchée boueuse.

Chapitre 7

Ni lui ni moi ne parlâmes avant un bon moment. À présent que j'étais hors de danger, j'avais reculé sur la croupe du cheval pour me tenir le plus loin possible du garçon. S'il n'avait pas l'allure d'un héros romantique, il n'avait pas non plus l'air aussi violent que les hommes que j'avais croisés le premier jour dans la Zone. Et puis, il m'avait sauvé la vie. J'espérais que ce n'était pas pour de mauvaises raisons.

Il portait un pantalon taché et déchiré aux genoux. Ses cheveux, coiffés en dreadlocks, lui descendaient jusqu'aux épaules. Contrairement aux membres des gangs, il n'était pas armé – ce qui n'était qu'une piètre consolation. En revanche, il était aussi large d'épaules et musclé qu'eux. J'ignorais quelles pensées perverses il nourrissait peut-être à mon égard, une fille qu'il avait trouvée seule dans la ville abandonnée. Je tirai sur mon tee-shirt afin qu'il ne colle pas à mes seins.

« Quelles que soient tes intentions, sache qu'il ne se passera rien », dis-je en me tenant bien droite dans l'espoir de paraître plus grande que je ne l'étais. Trois lapins morts ficelés par les pattes étaient pendus au cou du cheval.

Le garçon me jeta un coup d'œil et sourit. Malgré son manque d'hygiène, ses dents étaient très blanches et parfaitement alignées. « Et quelles sont mes intentions ? J'aimerais sincèrement le savoir. »

Nous trottions à présent sur une autoroute, les glissières de sécurité métalliques à peine visibles sous la vigne vierge. Au loin se dressait un pont à moitié détruit. « Tu veux avoir des relations sexuelles avec moi », déclarai-je d'un ton détaché.

Le garçon éclata de rire tout en tapotant l'encolure du cheval. « Je veux avoir des relations sexuelles avec toi, répéta-t-il comme s'il n'avait pas compris la première fois.

— C'est ça, confirmai-je. Et laisse-moi te dire que cela n'arrivera pas. Même si… » Je cherchai la métaphore adéquate.

« Même si j'étais le dernier homme sur terre ? » Il contempla le vaste paysage dépeuplé et gloussa. Ses yeux étaient vert clair.

« Exactement », acquiesçai-je. J'étais heureuse qu'il parle et comprenne une langue convenable. Je n'avais aucun problème à communiquer avec lui.

« Tant mieux ! s'écria-t-il. Parce que, de toute façon, je ne veux pas avoir de relations sexuelles avec toi. Tu n'es pas mon genre. »

Je m'esclaffai à mon tour jusqu'à ce que je me rende compte qu'il ne plaisantait pas. Il regardait droit devant lui alors qu'il dirigeait le cheval vers une rue envahie par les herbes folles en évitant les nids-de-poule.

« Que veux-tu dire par "Je ne suis pas ton genre" ? » demandai-je.

La peste avait fauché beaucoup plus de femmes que d'hommes. Étant l'une des seules femmes de la Nouvelle Amérique, et surtout une femme éduquée et cultivée, j'avais toujours pensé que j'étais le genre de tous les hommes.

Le garçon me jeta un autre coup d'œil et haussa les épaules. « Bof », marmonna-t-il. *Bof* ? J'étais intelligente, je travaillais dur. On disait que j'étais belle. J'étais Ève, major de la promotion de l'École. Et tout ce qu'il avait à dire, c'était *Bof* ?

Ses épaules se mirent à trembler. Je le dévisageai et, pour la première fois depuis que nous avions pris la route, je m'aperçus qu'il me taquinait.

« Tu te trouves drôle, hein ? » m'exclamai-je en me détournant afin qu'il ne me voie pas rougir.

Il tira sur les rênes et entraîna le cheval de l'autre côté du pont, en direction du soleil couchant. Dans le ciel, des nuages anthracite s'amoncelaient, accompagnés par un lointain roulement de tonnerre.

« Bon, tu ferais mieux de me ramener en ville. Mon... ami, une vraie baraque, doit commencer à s'énerver. Et il a la gâchette facile », ajoutai-je, répétant une phrase que j'avais entendu le gang prononcer.

Le garçon rit. « Je te raccompagne.

— Je n'en doutais pas », dis-je en regardant autour de moi. Où étions-nous ? Je ne voyais ni le magasin ni la route. Sur notre gauche, deux poteaux jaunis indiquaient un ancien terrain de football reconverti en champ de maïs.

« Y a-t-il quoi que ce soit dont tu doutes ? » dit le garçon en souriant. Je tournai la tête en feignant de ne pas remarquer la fossette qui s'était creusée dans sa joue droite ainsi que l'éclat de ses yeux. Une fois, le professeur Agnès nous avait parlé de l'Illusion de la Connexion. Était-ce cela ?

Nous écoutâmes en silence le ciel menaçant jusqu'à notre arrivée dans le quartier où j'avais vu Arden pour la dernière fois.

Le garçon étudia avec soin un jardin envahi par la végétation et pointa de l'index une silhouette qui se dissimulait derrière des branchages. « J'imagine qu'il s'agit de ton ami la baraque ? »

Arden sortit lentement de sa cachette. Les genoux de son pantalon étaient trempés de boue, comme si elle avait rampé.

Je descendis de cheval, prête à subir le feu roulant de ses questions, mais elle était trop occupée à détailler le garçon pour me prêter la moindre attention. Nous restâmes tous trois muets pendant un moment. Seule la lourde respiration du cheval rythmait le silence. Arden garda la main sur son couteau.

Le garçon secoua la tête. « Toi aussi, tu es parano ? Laissez-moi deviner, vous venez de vous échapper de votre École. » D'un mouvement rapide, il mit pied à terre. Le tonnerre gronda à nouveau, et il caressa le cou du cheval pour le rassurer. « Chut, Lila, murmura-t-il.

— Qu'est-ce que tu sais à propos de l'École ? siffla Arden.

— Plus que tu ne le crois. Je m'appelle Caleb », dit-il en lui tendant la main.

Arden fixa la boue incrustée sous les ongles et dans les plis de ses mains. Puis, doucement, elle relâcha ses épaules et desserra sa prise sur son couteau. Mon regard allait de l'un à l'autre.

Il était en train de l'amadouer.

« Arden », chuchotai-je, priant pour qu'elle ne le touche pas. Son regard s'arrêta sur le tatouage qu'il avait à l'épaule : le sigle de la Nouvelle Amérique entouré d'un cercle. « Bon, allons préparer le dîner », dis-je. Je savais que cette soudaine présence masculine était aussi surprenante pour elle que pour moi mais nous ne pouvions plus nous tenir si près de lui. À sa merci. Je me mis en route en faisant signe à Arden de me suivre. Mais elle ne bougea pas.

« Je n'ai rien attrapé », finit-elle par dire en s'éloignant de Caleb. Elle regarda les trois lapins pendus au cou du cheval.

L'orage se rapprochait. Le ciel tonna. Je me dis que j'aurais mieux fait de prendre les boîtes de conserve de l'ourson. Nous allions nous coucher le ventre vide.

Caleb remonta à cheval. « Il y a plein de nourriture au campement si vous voulez venir. »

Je ris en entendant sa proposition. Arden me regarda, puis Caleb et enfin les lapins.

« Non », chuchotai-je. Je la pris par le bras et la tirai en arrière. Ses pieds étaient fermement ancrés dans le sol.

« Quel genre de nourriture ? demanda-t-elle.

— De tout. Du sanglier, des lapins, des baies. J'ai tué un cerf il y a quelques jours. » Il indiqua un lieu invisible, au-delà de l'horizon gris. « C'est à moins d'une heure d'ici. »

Je reculais pas à pas. Mais Arden inclina la tête et tortilla ses cheveux. Elle me résistait. « Comment savoir si on peut te faire confiance ? » demanda-t-elle.

Caleb haussa les épaules. « Tu ne peux pas. Mais vous n'avez pas de cheval, rien à manger et l'orage arrive. Ça vaut peut-être le coup de prendre le risque. » Arden scruta le ciel gris, puis son sac vide.

Elle fit le tour du cheval et grimpa derrière Caleb. « J'accepte ton offre. »

Je fis non de la tête. Je refusais de bouger. « Je n'irai pas dans ton prétendu campement. » C'était certainement un piège.

« Libre à toi. Cela dit, je n'aimerais pas me retrouver seul ici. Surtout avec ce temps. » Caleb montra les nuages noirs qui filaient à toute vitesse, prêts à déverser leur pluie sur la forêt. Puis il ordonna au cheval de se mettre en route. Arden m'adressa un signe d'au revoir de la main sans prendre la peine de tourner la tête.

J'observai le champ que nous avions traversé. Les tournesols, fouettés par le vent, penchaient sur le côté. Je ne savais pas où se trouvait la maison, ni faire du feu, ni chasser et je n'avais pas de couteau.

Je serrai le poing. « Attendez ! hurlai-je en courant après le cheval. Attendez-moi ! »

CHAPITRE 8

Il faisait nuit noire, seuls de rares éclairs déchiraient le ciel. Nous voyagions depuis plus de deux heures. Je m'accrochais à Arden, heureuse qu'il y ait quelqu'un entre Caleb et moi. Tandis que nous parcourions une sente boueuse, j'énumérai dans ma tête toutes les façons dont Caleb pourrait nous tuer ou nous manipuler. Parmi tous les mensonges de nos professeurs, il devait bien y avoir deux ou trois vérités. Après avoir vu le gang écorcher vif un animal, je savais que les hommes étaient aussi violents et impitoyables qu'on nous l'avait dit. Je pensai à l'innocente Anna Karenine, opprimée par son mari Alexis, puis séduite par son amant Vronsky. Le professeur Agnès nous avait lu la scène de son suicide tout en hochant la tête pour exprimer son chagrin. « Si seulement elle avait su ce que vous savez », avait-elle dit. *Si seulement.*

Je ne me ferais pas duper. Une fois arrivées au campement de Caleb, nous mangerions et attendrions la fin de l'orage. Je ne dormirais pas. Non, je resterais éveillée et alerte. Au matin, une fois le ciel redevenu bleu, nous partirions, Arden et moi.

« Alors, que sais-tu des Écoles ? » demanda Arden. Elle avait peu parlé, sauf pour demander à Caleb quelle route il empruntait.

Je décollai ma joue du dos d'Arden, soudain intéressée par leur conversation.

« Plus qu'il ne me plaît. » Caleb gardait les yeux sur la route. « Moi aussi, je suis orphelin.

— Il y a donc des Écoles pour garçons, s'écria Arden. Je le savais. Où ?

— À cent soixante kilomètres d'ici, dans le Nord. Mais ce sont plus des camps de travail que des Écoles. Je sais ce que vous avez vu à l'École. C'est épouvantable, les filles utilisées pour la reproduction. Pourtant, croyez-moi… » Caleb s'interrompit. Il parlait doucement et d'une manière détachée, comme s'il connaissait ces secrets depuis des années. « Les garçons souffrent aussi, peut-être plus. »

Je ne pus retenir mes remarques sarcastiques. Les hommes avaient toujours fait souffrir les femmes. Ils avaient déclenché les guerres, pollué l'air et les mers, détruit l'économie et fait exploser la population carcérale. Arden me pinça si fort à la taille que j'émis un cri. « Excuse-la, dit-elle. Elle était première en tout. »

Caleb hocha la tête comme si cela en disait long sur moi. Puis il se pencha et lança le cheval au galop. La crête de la colline ne se trouvait qu'à quelques centaines de mètres. Il pleuvait à présent très fort.

Les gouttes étaient comme de petits cailloux projetés contre ma peau.

« Oh non ! » Caleb stoppa le cheval dans la boue. Je suivis son regard. Une jeep du gouvernement était garée à une centaine de mètres. Même à travers le rideau de pluie, j'en distinguais les feux arrière.

Caleb tenta de faire demi-tour, mais il était déjà trop tard. Un faisceau lumineux transperça l'obscurité et éclaira violemment nos visages.

« Halte ! Par ordre du roi de la Nouvelle Amérique ! hurla une voix dans un mégaphone.

— Partons, dit Arden. Et en vitesse ! »

Caleb fit volter son cheval et nous rebroussâmes chemin. Je ne pus m'empêcher de regarder derrière moi. La jeep se lança à notre poursuite, ses phares nous épinglant le dos.

« Halte ! Au nom du roi ! Ou nous ferons usage de la force. »

« Ce n'est pas vrai », me dis-je en moi-même, accrochée à Arden. Peut-être était-ce à cause de l'averse, de la boue ou du poids d'une troisième personne, mais le cheval avançait plus lentement qu'auparavant. La jeep gagnait du terrain inexorablement.

« On ne peut pas rester sur cette route, dit Caleb. Ils vont nous rattraper. » Il indiqua une forêt épaisse. Le cheval galopa dans sa direction. « Accrochez-vous », cria Caleb.

Les phares de la jeep disparurent derrière nous. La voiture s'était immobilisée. « C'est juste un peu plus loin », dit Caleb pour nous rassurer. Nous étions ballottés en tous sens sur le terrain accidenté. J'avais hâte d'arriver.

Le cheval slaloma entre les arbres et finit par s'arrêter au bord d'un fleuve de près de dix mètres de large. Caleb sauta à terre et nous aida, Arden et moi, à descendre. Il donna une tape sur la croupe du cheval qui détala. La forêt demeura silencieuse pendant quelques instants.

Je jetai un coup d'œil derrière nous. Les phares de la jeep trouaient la nuit brumeuse. Les hommes claquèrent les portières. « Par ici ! cria l'un d'eux.

— Pourquoi te pourchassent-ils ? » demandai-je.

Caleb nous entraîna derrière un rocher. « Ils ne me pourchassent pas », dit-il. Je le dévisageai sans comprendre. « C'est après toi qu'ils en ont. » Il sortit une feuille de papier de sa poche arrière.

Arden la lui arracha des mains. La photographie en noir et blanc d'une jeune fille aux longs cheveux noirs et aux lèvres charnues était imprimée en pleine page avec le texte suivant : ÈVE. 1,70 MÈTRE, YEUX BLEUS, CHEVEUX BRUNS. DOIT ÊTRE CAPTURÉE VIVANTE ET LIVRÉE AU ROI. SI VOUS LA VOYEZ, ALERTEZ L'AVANT-POSTE NORD.

Caleb scruta l'horizon en direction de l'endroit où était garée la jeep. « Je l'ai trouvée sur la route ce matin. »

Je pris l'avis de recherche des mains d'Arden et fixai mon propre visage. C'était ma photo de remise de diplôme, la seule prise à l'École. Le mois dernier, une femme envoyée par le gouvernement nous avait alignées dehors toutes les quarante avant de nous photographier l'une après l'autre. Je me tenais devant le lac, le bâtiment sans fenêtres à l'arrière-plan. « Mais pourquoi me cherchent-ils ? Arden aussi s'est échappée. »

Caleb baissa les yeux, le visage à moitié caché par ses cheveux noirs. « Quoi ? demanda Arden. Qu'est-ce qu'il y a ? »

Il essuya la pluie de ses joues. « On a entendu des bruits en provenance de la Cité des Sables, mais on pensait que ce n'était qu'une rumeur. » Son regard croisa le mien. « Le roi veut un héritier. »

Arden contempla la photo. « Oh non... chuchota-t-elle.

— Que se passe-t-il ? » m'écriai-je, saisie de panique.

Arden observa la route où les rayons des lampes torches balayaient les arbres. *« Ève s'est révélée être l'une des élèves les plus douées et les plus intelligentes que nous ayons accueillies à l'École.* Si belle, si intelligente, si obéissante. » Prononcées par Arden, les paroles de la directrice Burns prenaient un tout autre sens. Elles étaient même macabres. « C'est ce que te vaut ta Médaille de la Réussite, Ève. Tu ne serais pas allée dans ce bâtiment. Tu appartiens au roi. »

Je fus prise de nausée. « Qu'est-ce que tu veux dire par... *j'appartiens au roi* ?

— Tu vas porter ses enfants, Ève », dit Arden dans un rire nerveux.

Des photos du roi ornaient les couloirs de l'École. Il était bien plus âgé que nous, avec ses tempes grises, son front ridé et ses petites lèvres fines. Je me souvenais que Maxine avait parlé de sa probable visite. Il me sembla soudain possible qu'il venait en fait... pour moi.

« Évidemment ! Tu es le parfait spécimen. Toute cette éducation, tous ces éloges des professeurs... » Arden continua à parler, le front dans sa paume.

Je chiffonnai la feuille. Ma respiration était saccadée, ma poitrine oppressée. Je ne voulais porter les enfants de personne, encore moins ceux du roi. Mais apparemment, on avait choisi pour moi.

Dissimulé derrière le rocher, Caleb observait les militaires qui progressaient dans la forêt, écrasant brindilles et feuilles sous leurs bottes. « Nous ne sommes pas en sécurité ici, dit-il en regardant le fleuve derrière lui. Venez. » Il se précipita vers la rive et sauta dans l'eau. Il me fallut un moment pour comprendre qu'il voulait traverser le fleuve à la nage. Arden le suivit sans hésiter.

Je m'accroupis sur la rive, transie de froid. Derrière moi, les lampes fouillaient les bois. Les voix des hommes se rapprochaient.

« Allez ! Viens ! » cria Caleb. L'eau lui arrivait à la poitrine. Arden le dépassa et continua à nager, ne sortant sa tête de l'eau que pour prendre de l'air.

Caleb revint vers la rive. « Vite ! » dit-il en me prenant par le bras.

Le fleuve était agité de tourbillons. Arden, emportée par le courant, dérivait en aval. « Je ne sais pas nager », avouai-je en écartant mes cheveux mouillés.

Mon visage se crispa lorsque je vis Arden atteindre péniblement l'autre rive, grelottante mais saine et sauve.

« Je ne sais pas nager », répétai-je d'une voix tremblante. Les troupes du roi se rapprochaient, les rayons de leurs lampes atteignaient à présent la surface de l'eau. Je m'effondrai. Je ne pouvais plus étouffer mes sanglots, ma poitrine pesait des tonnes. « Va-t'en ! » criai-je en poussant Caleb.

Mais il ne bougea pas. Il se retourna vers les ombres dans la forêt, puis vers moi et me prit par la main. « Tout va bien, Ève. »

Je cessai de pleurer, surprise par la chaleur de sa peau contre la mienne. Il était si proche que je sentais son souffle doux. Ses yeux verts brillaient, soudain illuminés par la lumière d'une lampe torche. « Je ne t'abandonnerai pas. »

Chapitre 9

Caleb m'entraîna le long de la rive, sa main tenant fermement la mienne. Nous courions au milieu des rochers et des troncs d'arbres alors que, derrière nous, résonnaient les voix des hommes qui progressaient lentement dans les bois.

« Ils longent la rive ! » hurla quelqu'un.

Caleb continua d'avancer comme s'il connaissait chaque aspérité du chemin. Les yeux fixés sur ses pieds, je m'efforçais de le suivre.

Sous la pluie, j'eus du mal à distinguer le véhicule échoué sur la rive. Il ressemblait à un cafard géant. Caleb courut vers lui : un hélicoptère. Je n'en avais vu un qu'une fois, dans un livre, mais je reconnus l'hélice et le cockpit arrondi.

« Vite ! Monte ! » Il déblaya les bris de verre d'une ancienne vitre.

Je m'engouffrai dans l'obscurité de la cabine rouillée. « Ils arrivent », chuchota Caleb en me poussant vers les sièges avant. La pluie crépitait bruyamment sur le pare-brise fissuré.

« Il faut nous cacher », dis-je. Mes mains tâtonnèrent dans l'intérieur moisi de l'hélicoptère et trouvèrent le siège passager renversé. Il avait dû se détacher pendant le crash. Une fois que nous fûmes cachés dessous, le bruit de la pluie couvrit nos respirations.

Dans le noir, je me roulai en boule à côté de Caleb. Des parties de mon corps touchaient le sien. Mon épaule, ma jambe. Même si cette proximité était inquiétante, je n'osais pas bouger.

Les voix se rapprochaient alors que les hommes battaient la rive. Le rayon d'une lampe torche éclaira le sommet de l'hélicoptère et les débris de verre scintillèrent. Caleb, à peine visible dans la lueur, pressa ses doigts repliés contre ses lèvres.

« Ils ont dû traverser les bois. Je fouille la berge et je vous retrouve sur la route », dit un homme. Le rayon de sa torche pénétra dans l'hélicoptère et éclaira d'abord un tas de feuilles, puis la carlingue cabossée et le squelette du pilote toujours attaché au siège. Il s'arrêta sur ma chaussure droite, la seule partie visible de mon corps.

Partez, me dis-je en espérant que la lumière s'éloigne de mon pied. *Ce n'est rien*. Je fermai les yeux et entendis une autre voix. Elle semblait poser une question.

« Non », répondit un homme au bout d'un petit moment. La lumière quitta mon pied. « Rien. » Je perçus des pas derrière le pare-brise, puis la forêt redevint silencieuse. Nous restâmes tapis sous le siège cassé jusqu'à ce que la pluie cesse.

« Il y a peut-être de la nourriture », dit Caleb. Il écarta le siège. « Aide-moi à explorer les lieux. »

Je fouinai dans le noir en faisant bien attention de rester à distance du squelette. Bientôt, je dénichai une grosse boîte en métal.

« C'est quoi ? » demandai-je en la passant à Caleb.

Il l'ouvrit. Il y eut un bruit de manivelle, puis une lumière.

« Super, dit-il en souriant. Une lanterne, tu vois ? » Il tourna une poignée sur le côté et l'intensité de la lumière augmenta.

Pendant qu'il vidait le contenu de la boîte sur le sol et triait des conserves et des sachets de nourriture déshydratée, j'étudiai son visage. L'eau du fleuve l'avait débarbouillé, révélant une peau claire et douce, des taches de rousseur sur le nez. Mes yeux s'attardèrent sur son corps musclé et anguleux. Je savais que j'étais censée avoir peur de lui, mais j'étais fascinée. Une enseignante avait employé un mot qui nous avait fait rire, Pip et moi, pour caractériser son mari. Même avec ses ongles noirs et ses cheveux emmêlés, Caleb était presque… *beau*.

Il me tendit un sachet argenté. « Pourquoi tu souris ? me demanda-t-il en haussant un sourcil.

— Pour rien », répondis-je rapidement. Je portai le sachet à ma bouche et en aspirai le contenu.

« Ça te plaît d'être poursuivie par les troupes armées ? » Il essuya ses bras, ses épaules et son torse bronzés. « C'est comme ça que tu t'amuses ?

— Laisse tomber. »

Il ouvrit une boîte de bouillie marron et en lécha le couvercle. « Ou est-ce moi qui te fais sourire ?

— Absolument pas. » Je le regardai vider le contenu de la conserve avec sa langue. Il mâchait bruyamment, la bouche ouverte. Toute trace de beauté disparut immédiatement.

Je me détournai. « C'est dégoûtant, murmurai-je.

— Ça ne te semble pas appétissant ? Tu peux prendre les petits pois déshydratés, si tu veux. » Il me tendit une autre pochette. Je mangeai en silence alors qu'il me fixait. « Donc, Arden et toi... » Il pencha la tête sur le côté. « Vous êtes amies ou pas trop ? »

Je gardai un petit pois dans ma bouche pour qu'il ramollisse. Je me souvenais du moment exact où j'avais décidé qu'Arden et moi étions si différentes que nous ne pourrions jamais être amies. Nous étions en sixième année et, ce matin-là, Pip avait eu ses règles. La serviette hygiénique que le Dr Hertz lui avait donnée la mettait mal à l'aise mais Ruby et moi l'avions convaincue de venir au cours de sport. Nous courions autour du terrain de l'École. Arden se tenait près du lac, et, lorsque Pip était passée devant elle, elle lui avait baissé son pantalon.

Avant cet incident, je lui avais donné plusieurs fois sa chance. Après qu'elle se fut battue avec Maxine dans la salle de bains, lui ouvrant la lèvre au passage, je m'étais persuadée qu'il s'agissait d'un accident. Je l'avais défendue contre les autres filles lorsqu'elle avait explosé face au professeur Florence en lui disant qu'elle n'était pas sa mère, qu'elle en avait une, vivante, et qu'elle n'en avait pas besoin d'une autre. Je lui avais même fait passer des baies alors qu'elle était en salle d'isolement. Mais avec Pip, elle avait dépassé les bornes. « Je parie que t'es fière de toi », avais-je hurlé alors que Pip courait vers le dortoir, les yeux rougis et gonflés. « Pendant une seconde dans ta vie, quelqu'un a été plus ridicule que toi. » Après, j'avais clairement exprimé la piètre opinion que j'avais d'elle. Rapidement, plus personne ne lui avait adressé la parole ni écouté ses histoires sur sa splendide demeure ou sur ses parents dans la Cité des Sables.

J'avalai finalement le petit pois insipide. « Non, je ne dirais pas que nous sommes amies. »

Caleb s'adossa contre le siège du pilote. « Alors c'est pour ça qu'elle est partie à la nage. Elle n'en a rien à f….

— Non, dis-je. Arden ne s'intéresse qu'à elle. Elle a toujours été comme ça. »

Caleb me fixa d'un air surpris, puis il rangea les conserves vides dans la boîte. Il passa la tête dehors par la vitre brisée. « Bon, on ferait mieux de passer la nuit ici. Il pourrait recommencer à pleuvoir et les troupes ne reviendront pas avant que ça s'éclaircisse. Peut-être qu'Arden réapparaîtra demain.

— Sûrement pas », marmonnai-je. J'avais déjà eu du mal à la convaincre de me garder avec elle, maintenant qu'elle me savait recherchée elle devait probablement vouloir s'éloigner le plus possible de moi.

Nous nous installâmes chacun dans un coin du cockpit humide, sous une couverture dorée trouvée dans la boîte. « On repart dans quelques heures, dit Caleb. N'aie pas peur.

— Je n'ai pas peur », lui assurai-je.

La lanterne finit par s'éteindre.

Je songeai à la Cité des Sables et à l'homme qui m'y attendait. Pour nous, le roi avait toujours été une présence réconfortante, un symbole de force et de protection. Mais soudain, son portrait exposé à l'École me paraissait menaçant, avec ses joues molles et son regard perçant qui semblait me suivre partout. Pourquoi m'avait-il choisie, moi, de plus de trente ans sa cadette, pour porter son enfant ? Les professeurs parlaient de lui comme d'une exception, le seul homme à qui l'on pouvait faire confiance. C'était encore un mensonge.

Je savais que le roi me chercherait sans répit. Surtout connaissant son dévouement total à la Nouvelle Amérique. La main sur le cœur, la directrice Burns nous avait raconté comment, après la peste, il avait sauvé le peuple d'un avenir incertain. Il avait dit que le temps n'était pas au débat mais qu'il fallait aller de l'avant. « Une seule chance », avait répété la directrice Burns, les yeux embués de larmes patriotiques. « Nous n'avons qu'une seule chance de reconstruire. »

Mes vêtements étaient toujours trempés. J'essorai le bas de ma chemise et les ourlets de mon pantalon. Quand j'étais plus jeune, Ruby m'avait traquée dans les couloirs en faisant semblant d'être un monstre aux griffes acérées et aux dents pointues. J'avais hurlé et couru dans tous les sens pour lui échapper. Prise de panique, je l'avais suppliée d'arrêter mais sa blague la faisait tellement rire. Quand elle m'avait attrapée, je haletais. Le jeu était trop vrai. Je n'avais jamais oublié la terreur que m'avait inspirée le fait d'être pourchassée.

Je remontai la couverture et fermai les yeux. Que n'aurais-je pas donné pour le confort de mon ancien lit, pour des draps propres ! Je songeai à l'odeur familière du rôti de cerf, aux archives où Pip et moi nous asseyions pour écouter la cassette interdite de Madonna cachée derrière un livre d'art. Je revoyais Pip se dandiner lorsque j'entendis du bruit dehors.

Caleb dormait. J'entendis à nouveau des branches craquer.

« Caleb ? » chuchotai-je.

Il ne se réveilla pas.

Alors que le bruit se rapprochait, je serrai les paupières et enfouis mon visage dans la couverture. J'étais pétrifiée de peur. Un bruissement. Des brindilles cassées. Le bruit reconnaissable de pas dans la boue. J'écartai légèrement la couverture. Je ne pouvais plus respirer. Une silhouette se tenait devant l'hélicoptère, à quelques mètres de moi.

Elle me regardait.

Chapitre 10

La couverture glissa. Je n'osai pas la rattraper ni même bouger, j'avais trop peur d'être vue. De l'autre côté du cockpit, Caleb se retourna en se cognant contre la carlingue. La silhouette fit un pas de plus et s'appuya contre la portière cassée. Je tressaillis, imaginant déjà le canon glacé d'un pistolet contre ma tempe, des menottes qui me meurtrissaient les poignets.

« Ève ? » chuchota finalement une voix familière.

Je regardai par l'encadrement de la vitre cassée. Arden était trempée. Dans la pâle lueur de la lune, je vis son visage inquiet. « Tu es là ? Tu vas bien ?

— Oui, je suis là, répliquai-je en me montrant. Je vais bien. »

Elle grimpa à bord de l'hélicoptère. Son regard alla de moi à Caleb roulé en boule comme si elle avait enfin la réponse à une question qu'elle se posait. Puis elle s'assit sur un siège.

« Tu es revenue… » J'allumai la lanterne pour mieux la voir. Elle tremblait de froid et dégoulinait comme si elle sortait de l'eau. Je lui tendis ma couverture.

Elle fouilla dans la boîte et ouvrit un sachet de nourriture déshydratée. « J'ai *horriblement* faim, dit-elle en mordillant une carotte.

— Étais-tu... *inquiète* pour moi ? »

Arden cessa de mastiquer. Elle donna un petit coup de tête en direction de Caleb. « Non, répondit-elle. Je ne savais pas si tu étais en sécurité avec lui. »

J'eus envie de lui répondre que si elle se posait des questions sur ma sécurité, alors elle s'inquiétait pour moi. En voyant ses vêtements trempés, je me demandai si je l'avais mal jugée, si elle ne valait pas plus que cette fille qui, toutes ces années durant, avait préféré manger seule et refusé de passer du temps avec mes amies et moi.

Elle reposa les sachets argentés vides en rotant. « J'imagine que tu veux récupérer ta couverture, dit-elle en me la tendant.

— Garde-la. »

La batterie de la lanterne faiblit lentement. Le visage diaphane d'Arden fut la dernière chose que je vis avant que la lumière s'éteigne et que je m'endorme.

*
* *

Le lendemain matin, Caleb menait la marche, repoussant les hautes herbes avec un bâton. Nous avions attendu son cheval sur la rive jusqu'au lever du soleil, en vain.

« C'est à une journée de marche d'ici, dit-il. Avec

un peu de chance, on arrivera au campement avant la nuit. » Nous marchions à présent dans une rue tapissée de mousse. L'aube avait fait place à un soleil brûlant.

Obsédée par les troupes du roi, je regardais régulièrement derrière nous. Même les cris d'oiseaux me faisaient sursauter.

« Nous ne pourrons pas rester longtemps au campement, dis-je à Arden. On prend des réserves et on se met en route pour Califia. »

Arden repoussa une mouche qui volait autour d'elle. « Pas besoin de me le préciser, chuchota-t-elle avant de tousser. La route s'améliore plus loin ? demanda-t-elle.

— On devrait bientôt arriver dans un quartier », répondit Caleb, qui se pencha pour éviter une branche.

Depuis le matin, il observait le ciel. Avant de partir, Arden et moi avions patienté pendant qu'il mesurait les ombres de bâtons plantés dans la boue. Il avait alors su dans quelle direction aller, comme s'il communiquait avec la terre dans une langue que nous ne comprenions pas.

« Tu le regardes comme si c'était une horloge, dis-je en désignant le soleil.

— Mais *c'est* mon horloge. Et mon compas. Et mon calendrier. » Il mit le doigt sur son menton, feignant la surprise : « En définitive, tu ne sais pas tout ! »

Je jetai un coup d'œil à Arden, derrière moi. Elle se curait les ongles, insouciante. Je savais que Caleb assurerait notre sécurité. Il était resté avec moi au bord du fleuve et m'avait cachée dans l'hélicoptère. Pour quelle raison ? Je ne comprenais toujours pas ses motivations et je n'étais pas sûre de pouvoir lui faire totalement confiance. Je n'aimais pas la façon dont il semblait toujours se moquer de moi ou celle dont il m'avait bombardée de questions auxquelles je ne voulais pas répondre la nuit précédente.

« Écoute, Caleb, dis-je en insistant sur son nom, nous apprécions ton aide mais nous ne t'avons jamais rien demandé.

— Oui, je sais, dit-il, tu me l'as déjà rappelé il y a une heure… et ce matin… et quand tu as finalement accepté de venir au campement. Vous ne resterez qu'une nuit, vous emporterez de la nourriture et je vous escorterai jusqu'à la Route 80 pour que vous puissiez rejoindre Califia. J'ai compris. »

Il nous emmena dans une impasse aux maisons décrépies. Les eaux étaient montées et avaient laissé une trace marron trente centimètres au-dessus de la porte. Un message bombé disait : MOURANT. AU SECOURS.

« Qui a faim ? » demanda Caleb.

Avant même que nous ne répondions, il avait sauté par-dessus les marches brisées et disparu dans la maison.

« J'imagine que c'est la pause déjeuner… », murmura Arden en le suivant.

À l'intérieur, le plancher était gondolé et troué. De la moisissure noircissait le mur. Je plaquai mon tee-shirt sur mon nez pour me protéger de la puanteur.

Dans un coin de la pièce, il y avait une sorte de grand cadre brisé.

« Qu'est-ce que c'est ? » demandai-je.

Caleb traversa le salon en enjambant des livres détrempés et des amas de détritus à l'odeur putride. Nous le suivîmes.

« Une télévision », répondit-il en se dirigeant vers le couloir de la cuisine.

Je hochai la tête, sans trop savoir ce que c'était. En face, un canapé délabré semblait attendre qu'une famille s'assoie pour la regarder.

Tous les placards de la cuisine étaient ouverts ; à l'intérieur, des fourchettes en plastique sales et des boîtes de conserve vides. Des chaises éventrées étaient éparpillées sur le sol. Le plafond s'écroulait par plaques.

« Attention », dit Arden en me tirant par le bras. Elle désigna un trou dans lequel j'avais failli mettre le pied.

Caleb se dirigea vers l'escalier. « Je vais voir ce qu'il y a au sous-sol. »

Arden retourna dans le salon. Je m'approchai du frigidaire couvert de photographies et de dessins : un jeune couple avec un bébé ; des bonshommes fil de fer – un papa, une maman et un enfant – cernés par des fantômes gribouillés en noir.

Pendant les derniers jours de la vie de ma mère, j'avais beaucoup dessiné. Je m'asseyais à mon petit bureau en plastique bleu et je crayonnais sans arrêt. Je nous représentais au terrain de jeux, où elle me faisait faire du tourniquet ; elle au lit, soignée par un médecin-magicien avec sa baguette magique ; notre maison entourée d'une barrière pour nous protéger du virus. J'avais glissé mes œuvres sous sa porte pour les lui offrir en cadeau. Elle chuchotait à travers la cloison : « Si je le pouvais, je te couvrirais de millions de baisers. »

Soudain, j'entendis un craquement au-dessus de moi.

« Arden ? » appelai-je en avançant dans le couloir silencieux. Le plancher grinçait à chaque pas. La brise souffla à travers les vitres cassées. « Où es-tu ? »

Je passai la tête dans une petite salle de bains. Le carrelage était constellé de carreaux cassés. « Arden ? » J'entendis l'écho de ma voix.

Au fond du couloir, une porte était entrebâillée. Alors que je me dirigeais vers elle, je passai devant une chambre meublée d'un lit déglingué au sommier éventré.

J'avançai, plaquée au mur. Le papier peint se décollait par lés entiers qui frôlaient mes épaules nues. Mon pouls s'accéléra. Un filet de sueur coulait dans mon dos. Nous étions entrés dans la maison en hâte. Nous aurions dû la fouiller avant de nous séparer. Peut-être étions-nous surveillés.

La porte au bout du couloir était dégondée. Elle ouvrait sur une chambre d'enfant aux murs bleu clair avec un coffre rempli de jouets poussiéreux. Des animaux en peluche étaient alignés sur le petit lit. J'entrai et pris un ours qui avait dû perdre son bras bien avant la peste.

Soudain, j'entendis des pas derrière moi et mon

corps percuta le sol dans un bruit sourd. Une personne portant un masque de clown me maintint par terre.

« Ne me tuez pas, je vous en supplie ! » hurlai-je.

Le clown se figea. Puis j'entendis un rire étouffé. Arden souleva le masque et s'esclaffa.

« Mais tu es dingue ? criai-je en me relevant. Pourquoi as-tu fait ça ? »

Caleb apparut dans l'encadrement de la porte, le visage blafard. « Qu'est-ce qui s'est passé ? Je t'ai entendue crier. » Il serrait une boîte de conserve rouillée dans chaque main.

Je désignai Arden en train de hurler de rire, recroquevillée sur le sol. « Arden m'a fait peur. Délibérément. Voilà ce qui s'est passé. »

Le regard de Caleb passa d'elle à moi. Il avait la bouche ouverte mais aucun son ne sortit. Mon cœur battait à tout rompre.

« Ce n'est pas drôle, finis-je par dire. J'aurais pu avoir un couteau. J'aurais pu te tuer ! » Elle se mit à genoux, le dos voûté et le visage baissé. « Arden… regarde-moi. Regarde-moi ! » hurlai-je.

Caleb me prit par le bras et me tira vers lui.

Arden tremblait. Elle frappait le plancher de sa paume.

« Arden ? » dis-je, cette fois-ci plus doucement. Elle avait les yeux fermés, les joues roses et les traits crispés.

Elle se retourna, sa poitrine se soulevait au rythme de sa respiration haletante. Je lui tendis la main, mais elle ne bougea pas. Son corps se roula en boule. Elle se mit à tousser bruyamment. Je m'agenouillai et posai la main sur son omoplate alors qu'elle essayait de libérer ses poumons. Une fois qu'elle fut calmée, nous n'osâmes pas nous regarder.

Ses paumes étaient pleines de sang.

CHAPITRE 11

« Elle était complètement trempée la nuit dernière », dis-je à Caleb lorsque nous atteignîmes enfin les bois autour de son campement. La toux d'Arden n'avait cessé d'empirer et son pas avait ralenti jusqu'à ce qu'elle ne puisse plus marcher. Caleb et moi l'avions chacun à notre tour tirée dans un chariot trouvé sur la route. Un instant ses dents claquaient, celui d'après elle était penchée par-dessus le bord du chariot, essayant d'expulser des glaires de ses poumons. Elle avait fini par s'endormir avec des boîtes de conserve dans les bras. « Elle a dû attraper ça à cause de la pluie et du bain dans le fleuve.

— J'ai connu un garçon qui a été malade comme ça », dit Caleb.

Nous la relevâmes et la prîmes chacun sous un bras.

« Et que lui est-il arrivé ? » demandai-je. Caleb ne répondit pas. « Caleb ?

— C'est sûrement différent », dit-il. Mais son visage trahissait son inquiétude.

« Je vais bien », marmonna Arden en tentant de

se redresser. Les commissures de ses lèvres étaient blanches de bave séchée.

Nous continuâmes de progresser dans la forêt. Des animaux remuaient dans les buissons. Au loin, des chiens sauvages à la recherche de leur prochain repas hurlaient à la mort. Nous débouchâmes finalement dans une clairière. Je n'avais jamais vu un endroit aussi beau. Des milliers d'étoiles se reflétaient à la surface d'un lac immense.

« Le lac Tahoe », annonça Caleb.

Je levai les yeux et contemplai les points scintillants.

« C'est magnifique. » Mais ce mot n'était pas assez fort pour traduire mon émerveillement devant le gigantisme du ciel. « Regarde, Arden. » J'aurais aimé avoir mes pinceaux et de la peinture pour immortaliser l'émotion du moment.

Mais Arden grimaçait de douleur.

« Où est ton campement ? demandai-je, mon éblouissement laissant place à l'affolement. Il faut la mettre au chaud.

— Tu es devant », dit Caleb. Il s'approcha d'un talus recouvert de boue, d'herbes et de branchages.

Une bûche cachait une planche de la taille d'une porte. Caleb l'ouvrit. Derrière, un tunnel noir était creusé profondément. « Viens ! » dit-il.

J'eus un haut-le-cœur puis le tournis. Lorsque je plongeai mes yeux dans le noir, mes peurs revinrent au galop. C'était déjà très dangereux d'être dans la Zone avec Caleb. Je n'avais pas imaginé que le campement serait souterrain. Dehors, je pourrais toujours m'échapper, mais dans l'obscurité d'un sous-sol…

Je reculai. « Non…, murmurai-je, je ne peux pas.

— Ève. » Caleb me tendit la main. « Arden a besoin d'aide. Immédiatement. Entre. Nous ne vous ferons aucun mal. »

À côté de moi, Arden tremblait. Elle toussa et ouvrit les yeux suffisamment longtemps pour dire quelque chose qui ressemblait à « Allez ».

Elle s'appuya sur moi pendant que je la guidais dans le tunnel, les mains tremblantes. Caleb referma la porte derrière moi.

« Par ici », dit-il en soutenant à son tour Arden. Les murs froids frottaient mes épaules alors que nous marchions dans le noir.

« Ce tunnel… vous l'avez trouvé ? » Ma voix résonna.

Caleb tourna à droite et nous emmena dans un autre tunnel. « Nous l'avons construit. » Au loin, j'entendais des murmures, le tintement de casseroles et des rires étouffés.

« Vous l'avez creusé ? » demandai-je.

Arden toussa à nouveau.

Caleb resta silencieux pendant un long moment. « Oui. » J'entendais sa respiration pendant que nous marchions. « Après la peste, on m'a emmené dans un orphelinat de fortune installé dans une église abandonnée. Les enfants dormaient sur les bancs et dans des placards, parfois à cinq blottis les uns contre les autres pour se tenir chaud. Je ne me souviens que d'une adulte, la femme qui ouvrait les boîtes de nourriture. Elle nous appelait les “restes”. Au bout de quelques mois, des camions sont arrivés et ont emmené les filles dans les Écoles. Les garçons ont été envoyés dans des camps où nous travaillions sur des chantiers de construction tous les jours. » Il parlait de manière saccadée, les yeux fixés sur le sol.

« Quand t'es-tu échappé ? » demandai-je. Nous progressions vers une lumière.

« Il y a cinq ans. Ils venaient de commencer l'excavation lorsque je suis arrivé », répondit Caleb. Je voulais en savoir plus – qui organisait tout cela et comment – mais j'avais peur de poser trop de questions.

Après un virage, le tunnel déboucha dans une grande pièce ronde. Un feu brûlait au milieu. La caverne m'évoqua la tanière d'un animal. Les murs boueux étaient recouverts de grosses pierres grises et quatre autres tunnels partaient de cette salle centrale. Soudain, une flèche frôla mon visage et faillit me transpercer l'oreille.

« Regarde où tu vas ! » Un garçon costaud gloussa. Il s'avança vers le mur situé derrière nous où étaient dessinées deux cibles géantes. Il ne me quitta pas du regard alors qu'il retirait la flèche d'un coup sec.

Des garçons torse nu étaient réunis autour du feu. Ils poussèrent un cri en voyant Caleb.

« On se demandait où tu étais passé », dit un garçon aux cheveux noirs. Ils se frappèrent le torse en signe de bienvenue. Puis ils se tournèrent tous vers moi. J'en eus froid dans le dos.

« Au moins la chasse a été fructueuse », persifla l'archer. Ses yeux se promenèrent sur mes jambes nues et le tee-shirt qui soulignait ma poitrine. Je croisai les bras. J'aurais aimé être plus couverte. « Regardez, les garçons ! Une femme… » Il s'approcha de moi mais Caleb l'arrêta en tendant le bras.

« Ça suffit, Charlie », dit-il d'un ton sec.

Deux autres, âgés d'une quinzaine d'années, sortirent d'un tunnel. Ils posèrent le sanglier qu'ils venaient de tuer sur le sol.

« Leif est au courant ? » demanda l'un. Il était grand et mince, une paire de lunettes cassées posée sur son nez.

« Il le sera bien assez tôt », répondit Caleb.

Un garçon s'agenouilla à côté de la carcasse du sanglier. Il frotta deux lames de couteau l'une contre l'autre, produisant un bruit strident. Il scruta le corps d'Arden avant de découper le cou de l'animal. Des morceaux d'os lui éclaboussèrent le visage. Sa barbarie me fit grimacer. Il ne s'arrêta que lorsque la tête se détacha et roula à terre. Je voulais courir dans le tunnel, repartir dans l'autre sens jusqu'à ce que je sente l'air du dehors. Mais Arden avait besoin d'aide. Dès qu'elle irait mieux, nous partirions loin de cet endroit humide et de ces garçons qui me considéraient comme un morceau de chair fraîche.

Un blond grassouillet ajouta du bois dans le feu. Il détailla le corps frêle d'Arden. « Elles peuvent s'installer dans ma chambre », dit-il en riant. J'étreignis Arden. « Je serais ravi de partager mon lit.

— Elles ne vont s'installer dans aucune chambre, intervint une voix rauque. Elles ne restent pas. »

Un garçon plus âgé émergea de l'un des tunnels. Il portait un bermuda et son torse était parsemé de boucles brunes. Ses cheveux noirs, noués en chignon, laissaient entrevoir un réseau d'épaisses cicatrices à la base de sa nuque. Une dizaine de garçons plus âgés, tous plus grands et plus forts que moi, entrèrent à sa suite. J'étais morte de peur.

« Ça ne se présente pas bien », chuchota Arden.

Caleb s'interposa entre eux et nous. « Il n'y a pas lieu d'en débattre, Leif. Je les ai trouvées dans les bois. Elle s'est fait attaquer par un ours. » Je baissai les yeux dans l'espoir d'échapper à leurs regards. « Elles ont besoin d'un abri.

— C'est trop dangereux. Tu sais bien comment est le roi dès qu'il s'agit de ses pondeuses. Il doit déjà être en train de les chercher », répondit Leif. Son visage se trouvait maintenant à cinquante centimètres de celui de Caleb.

« Des pondeuses ? murmura Arden dont le souffle chaud me chatouilla le cou. C'est ce que nous sommes ?

— C'est peut-être comme ça qu'on nous appelle, répondis-je, mais ce n'est pas ce que nous sommes. »

Les garçons nous encerclèrent. Arden se mit à tousser et fut prise de nausées.

« Elle est malade ? » demanda un garçon qui avait les dents du bonheur et un visage doux. Je notai alors son tatouage à l'épaule : le sigle de la Nouvelle

Amérique entouré d'un cercle. Le même que celui de Caleb, exactement au même endroit. Soudain je m'aperçus que tous les garçons étaient tatoués.

« Très malade », dis-je. Ils reculèrent et chuchotèrent entre eux. Un petit gros murmura quelque chose qui ressemblait à « peste ». Arden appuya sa tête contre mon épaule.

Caleb fixait Leif. « Si on les jette dehors, elle mourra. Je ne le permettrai pas. »

Un coin de la lèvre supérieure de Leif se retroussa. Il me fit penser à un chien féroce. « Elles s'installeront dans la pièce à l'ouest, à l'écart des autres », finit-il par dire. Puisque Arden était incapable de lever les yeux, il planta son regard noir dans les miens. « Interdiction de sortir sans autorisation et de traîner dans nos pattes. Compris ? »

Leif regarda un garçon qui portait une pile de bols. Aussitôt, ce dernier en remplit deux de haricots gardés au chaud sur le feu, puis les tendit à Leif. Les larges épaules de Leif arrivaient presque à la hauteur de mes yeux. Il me tendit un bol. Je le saisis mais il ne le lâcha pas.

« Bienvenue », dit-il sur un ton qui signifiait tout le contraire. Je me figeai. Son regard étudia mon visage avant de s'attarder sur mes seins, ma taille et mes jambes. Prise de panique, je tirai sur le bol avec force. Il le lâcha si soudainement que je basculai à la renverse. Les haricots se répandirent sur mon tee-shirt. Un garçon rit aux éclats.

Je m'essuyai. Non seulement j'étais sans défense

dans ce campement où Leif me terrifiait, mais en plus il fallait qu'il m'humilie.

« Allez, dit Caleb en prenant le dîner d'Arden des mains de Leif. Je vais vous montrer votre chambre. » Il prit Arden par la taille et nous conduisit dans un tunnel éclairé par une série de lampes de poche posées par terre.

Je me retournai et vis Leif donner un coup de pied rageur dans la tête du sanglier. Les garçons reprirent leurs activités. Le costaud décocha une autre flèche, d'autres piquèrent des morceaux de viande sur des brochettes. Je pensai immédiatement à *Sa Majesté des mouches*. Le professeur Agnès nous avait lu la scène dans laquelle Simon est assassiné par une bande de garçons sauvages. Selon elle, ils étaient motivés par la Mentalité des Gangs. « C'est lorsqu'ils sont isolés, entraînés par la violence du groupe, que les hommes sont les plus dangereux », avait-elle dit.

En repensant à leurs cris, à leurs regards se promenant effrontément sur mon corps et à leurs messes basses, je compris que, parmi tout ce que le professeur nous avait dit, certaines choses étaient vraies.

CHAPITRE 12

« Encore ? » demandai-je en portant une cuillère de haricots aux lèvres gercées d'Arden.

Elle murmura quelque chose qui ressemblait à « non » et roula sur le côté en écartant la couette de ses jambes pleines de bleus. Elle ferma les yeux.

Pendant toute la nuit, elle s'était réveillée, avait réclamé de l'eau ou de la nourriture avant de s'écrouler sur le matelas à même le sol. Parfois, elle se tordait de douleur et se plaignait d'avoir mal au dos. Caleb avait apporté une cuvette remplie d'eau du lac et je l'avais maintenue éveillée suffisamment longtemps pour la nettoyer.

La caverne ouvrait sur l'un des principaux tunnels. La pièce comprenait simplement un matelas et un bureau couvert de livres pour enfants aux pages jaunes. J'avais fouillé les tiroirs dans l'espoir fou d'y trouver des médicaments. Je n'avais jamais vraiment mesuré leur valeur auparavant.

À l'École, nous trouvions normal d'être soignées

pour une toux, une infection, une blessure au doigt... Lorsque Ruby avait été prise d'une douleur violente dans la cour, des gardiennes l'avaient emmenée et elle était revenue quelques jours plus tard avec des fils noirs à l'endroit où l'appendice avait été retiré. Au réfectoire, nous nous étions interrogées à voix haute en regardant sa cicatrice. « Que se serait-il passé dans la Zone ? » Maxine avait répondu qu'elle l'aurait enlevé elle-même avec des ciseaux rouillés. « Non », avait corrigé la directrice qui se tenait derrière notre table. « Elle serait morte. »

Alors que je peignais les épais cheveux noirs d'Arden, je me remémorai la première fois où je l'avais vue. Pendant les années qui avaient suivi l'éradication de la peste, de nouvelles élèves arrivaient régulièrement – certaines avaient été trouvées dans les bois, d'autres déposées par des adultes qui ne parvenaient plus à subvenir à leurs besoins. Elle était cette grande fillette de 8 ans en robe bleue apparue à l'École trois ans après moi. À son arrivée, elle avait été comme nous mise en quarantaine, isolée dans une pièce. Pip et moi l'avions observée par le carreau de la porte. Nous nous demandions si elle changeait. C'était un jeu pour nous, les élèves. En passant dans le couloir, nous regardions si les bleus caractéristiques de la maladie apparaissaient sur sa peau ou si le blanc de ses yeux jaunissait. Ce ne s'était pas produit.

Arden roula sur le côté et gémit. Ce son guttural m'effraya. Il me rappelait les derniers jours de ma mère. Là, dans cette pièce froide, j'établissais dans ma tête une liste des symptômes de ma mère. Arden avait perdu du poids mais rien de spectaculaire. Elle ne saignait pas du nez et ses jambes n'avaient pas enflé. Cependant, la façon dont elle toussait, dont elle tremblait, dont ses yeux se révulsaient…

Je serrai sa main glacée. J'aurais tant aimé qu'elle se redresse dans le lit, qu'elle me dise d'arrêter de la couver et qu'elle me congédie en levant les yeux au ciel. Un autre spasme dans la jambe, un autre gémissement. Je prononçai les mots que je n'avais pas pu dire à ma mère, ceux qui étaient restés coincés dans ma gorge depuis ce jour de juillet où le camion m'avait emmenée.

J'avais à nouveau 5 ans. Elle avait cessé d'attendre les médecins. Aux informations, on avait annoncé qu'on ne secourrait que les riches. Elle avait ouvert la porte de sa chambre. J'étais entrée pour la prendre dans mes bras mais elle m'avait mis un plastique sur la bouche et traînée dans la rue. Elle avait hurlé au camion de s'arrêter. Puis elle était rentrée en courant – elle avait même peur de m'embrasser. J'avais eu beau m'agripper au réverbère, on m'avait hissée à l'arrière du véhicule.

« Je t'en prie », suppliai-je Arden, les yeux fermés, en me balançant d'avant en arrière. J'étreignis une fois encore sa main. « Ne me laisse pas. J'ai besoin de toi. »

Je posai la tête sur l'oreiller et je me mis à pleurer.

Peut-être qu'elle ne guérirait jamais. Que nous ne reprendrions jamais la route vers Califia ensemble.

*
* *

Quelques heures plus tard, je fus réveillée par une lumière aveuglante.

Quelqu'un se tenait dans l'embrasure de la porte et braquait une lampe sur mon visage. La silhouette déplaça le rayon de lumière vers le sol. Je me frottai les yeux en essayant de comprendre qui j'avais devant moi ; la personne en question devait m'arriver à la taille. Ses cheveux hirsutes tombaient sur ses épaules et elle portait un grand tutu bouffant.

Je battis des paupières dans l'obscurité. La silhouette était toujours là.

« Comment t'appelles-tu ? » chuchotai-je à la petite fille en attendant que ma vision s'adapte au noir. Elle fit un pas en arrière. « Viens, viens me voir. » Je levai le bras pour lui faire signe de s'approcher. Mais avant que je puisse prononcer un mot de plus, elle détala dans le couloir.

À présent complètement réveillée, je m'assis dans le lit. J'ignorais comment une petite fille avait pu se faufiler dans un campement exclusivement masculin, mais je savais que je devais la suivre. Je courus vers la porte et l'entraperçus dans le tunnel éclairé.

« Attends ! Reviens ! » appelai-je.

Elle disparut après un coude.

Le tunnel était sinueux. Je la suivis en essayant d'éviter de réveiller les garçons qui dormaient dans de petites cavernes latérales. Le tunnel se divisa en deux et elle emprunta un chemin sans lumière.

« Je ne te ferai aucun mal, murmurai-je, essoufflée. S'il te plaît, arrête-toi ! »

J'accélérai, mes pas étaient plus légers que les jours précédents. C'était agréable d'être debout, de bouger. Rapidement, la silhouette ne fut plus qu'à quelques pas de moi. Le tunnel tourna à nouveau et s'ouvrit sur le ciel étoilé.

La fillette fila de l'autre côté de la colline et émit un petit cri perçant comme s'il s'agissait d'un jeu. Hors d'haleine, je me pliai en deux pour reprendre mon souffle. Lorsque je relevai la tête, je constatai qu'elle avait disparu. J'étais seule. Dans le noir. En dehors de l'abri.

Je ne pouvais pas m'aventurer dans les bois. Si je parvenais à retourner dans le tunnel, je préviendrais Caleb que la petite était seule dehors. Je rebroussai chemin, ne distinguant que des ombres. Les feuilles crissaient sous mes pieds. Des branches craquaient au-dessus de ma tête. Lorsque j'atteignis l'endroit où je croyais trouver la sortie, il n'y avait pas de talus, seulement une pente rocheuse menant au lac.

Je fis volte-face et me dirigeai vers l'autre côté de la forêt ; ma respiration s'accéléra. Je me souvins de l'épisode au bord du fleuve, de la pluie me criblant la peau, des troupes me pourchassant, l'arme au poing. Je revis le dos de Caleb, mon visage sur l'avis de recherche, les mots prononcés par Arden : « Tu appartiens au roi. » Quelle idiote de quitter l'abri au beau milieu de la nuit alors que les soldats me traquaient ! J'avais pourtant été prévenue.

Je longeais une paroi rocheuse dans l'espoir de contourner le monticule moussu qui abritait l'entrée quand j'entendis quelque chose derrière moi. Je n'eus le temps ni de me retourner ni de détaler à toutes jambes. Une grosse main m'attrapa brutalement par le bras.

« Qu'est-ce que tu fous ici ? » souffla Leif. Son visage crispé était à peine visible dans la faible lueur des étoiles. Je tentai d'échapper à sa poigne, mais il resserra son étreinte. « Je t'ai dit de ne pas quitter l'abri.

— Je sais », dis-je en grimaçant. Il me faisait mal au poignet. « Je suis désolée. » Je n'osais ni parler ni respirer.

« Qui t'a autorisée à sortir ? » Sa lèvre supérieure retroussée révéla une dent de devant cassée. « Est-ce que c'est Caleb ?

— Non... Je suivais une petite fille. Elle a couru dehors et elle a disparu quelque part par là, mais je...

— Une petite fille ? » dit Leif en ricanant. Son rire ressemblait à un grognement. « Il n'y a pas de petite fille au campement.

— Tu me fais mal », dis-je. Il serrait mon poignet délicat.

Il me traîna par le bras. Ses pas lourds martelaient

le chemin. « C'était stupide de venir ici. Si je fais le guet, c'est qu'il y a une raison. Nous sommes plus vulnérables à cette heure-ci... surtout avec toi parmi nous.

— Je sais », dis-je, sentant ma main s'engourdir.

Il finit par me lâcher. Alors qu'il tâtonnait le long du monticule de mousse, je songeai à ce qu'il pourrait me faire et j'en eus l'estomac retourné. Puis il ouvrit une autre entrée de l'abri.

« Ce soir, j'ai vu les troupes, souffla-t-il. Je ne les avais pas repérées dans ce périmètre depuis des mois mais là, les soldats marchaient sur cette crête. » Il désigna la montagne derrière les arbres.

Il attendait que je dise quelque chose, que je réagisse, peut-être que je m'excuse, mais lorsque j'ouvris la bouche, aucun mot ne sortit.

« Allez, entre, grogna-t-il. Il ne faudrait pas qu'il arrive quoi que ce soit à notre précieuse petite Ève, n'est-ce pas ? » Ses yeux étaient deux billes de marbre noir enfoncées dans son crâne.

« Non », dis-je en évitant son regard. Je me baissai pour entrer dans le tunnel, soulagée d'être libérée de lui.

« Ta porte est la troisième sur la droite », dit-il en refermant la trappe derrière moi. J'étais à nouveau dans le tunnel.

Lorsque j'eus atteint la caverne, je fus heureuse de retrouver le visage familier d'Arden. Pourtant, mes mains tremblaient et mon cœur battait à tout rompre.

Il m'avait rapidement indiqué ma chambre. Trop rapidement.

Je guettai des bruits de pas dans le tunnel, adossée contre la paroi glacée, effrayée à l'idée que ces yeux noirs et perçants ne reviennent quand je m'y attendrais le moins.

Chapitre 13

Après le passage des troupes la nuit précédente, les garçons les plus âgés avaient monté la garde toute la journée. Personne ne me parlait, personne n'osait me regarder. Ce ne fut qu'une fois qu'ils découvrirent des traces de pneus quittant le lac que les mesures de confinement prirent fin. Alors que je m'occupais d'Arden, Caleb était apparu dans l'encadrement de la porte et m'avait invitée à aller chasser avec lui. Je m'étais alors habillée en garçon (un short en coton déchiré et une chemise trop grande) et j'avais attaché mes cheveux. J'étais heureuse de pouvoir être dehors, loin de la tanière humide et de son animal, Leif.

Caleb et moi parcourûmes la forêt à cheval. Dans une clairière, après une observation attentive, Caleb déclara : « Rien ici. » Il fit faire demi-tour au cheval. « Il faut trouver un poste de surveillance. »

Nous avions poursuivi un sanglier dans un champ et une carrière jusqu'à qu'il fût effrayé par la chute d'un rocher. Nous étions à présent sur la piste d'un cerf. Confortablement installée sur le dos du cheval, je profitais du monde extérieur, même si je ne pouvais m'empêcher de penser à ce qui s'était passé la veille.

« Ton ami Leif… » J'essayais de déterminer la nature de sa relation avec une telle brute. J'avais rencontré Caleb deux jours plus tôt et il n'avait toujours rien fait de suspect. Il ne m'avait pas abandonnée au bord du fleuve. Il nous avait apporté notre petit déjeuner, notre déjeuner, des serviettes et de l'eau fraîche pour nous laver. Il avait même balayé la chambre pendant notre sommeil. « … est un sacré charmeur », dis-je avec une pointe d'ironie.

Caleb gardait les yeux fixés sur la rive rocheuse au loin devant nous, son carquois rempli de flèches sur le dos. « Je suis désolé qu'il t'ait fait peur hier soir. Il était furieux à cause des soldats. » Il caressait la crinière noire du cheval. « Il est persuadé que tu as inventé cette histoire de petite fille. Impossible de le raisonner.

— Pourquoi mentirais-je ? Je l'ai vue ! Il m'a pratiquement menacée. »

Nous grimpions l'un des flancs de la colline, ballottés par les pas du cheval. Caleb non plus ne croyait pas que j'avais vu une petite fille mais il pensait que j'avais vu *quelqu'un*. « Leif n'a pas toujours été comme ça. Avant il était… » Caleb s'interrompit, il cherchait le mot adéquat. « Il était meilleur. »

Il se pencha pour éviter une branche. « C'est difficile à imaginer. » Tout en me baissant, je fis de mon mieux pour maintenir un espace entre lui et moi.

Caleb resta silencieux. Il finit par dire : « Leif a même été drôle. Très drôle. On passait des journées entières à détruire des immeubles brique par brique et à les charger dans des camions en partance pour la Cité des Sables. Il inventait des chansons pendant le travail. » Caleb regarda par-dessus son épaule, les joues rouges et le sourire aux lèvres.

« Quelles chansons ? Qu'est-ce qui te fait rire ? »

Il se retourna. « Elles ne te plairont pas.

— Essaie toujours.

— D'accord, mais je t'aurai prévenue. » Il s'éclaircit la voix pour faire plus sérieux. « Mes… (il fredonnait complètement faux) couilles transpirent, mes couilles transpirent, je ne peux pas empêcher mes couilles de transpirer, noonn, nooon, nooon ! »

Je me penchai vers lui, remarquant au passage les plis aux coins de ses yeux et les points marron sur ses pommettes. « Qu'est-ce qui est drôle ? Qu'est-ce que c'est, "couilles" ? De l'argot pour pieds ? »

Caleb tira sur les rênes et s'écroula de rire sur l'encolure du cheval.

« Quoi ? Qu'est-ce que c'est ? » insistai-je.

Il lui fallut un bon moment pour se reprendre. « C'est, dit-il, le visage empourpré, un mot qui désigne… » Il se tut, comme s'il était en pleine réflexion, puis il secoua la tête. « Je suis désolé. Je ne peux pas. C'est drôle, Ève. Fais-moi confiance. »

Malgré ma curiosité, quelque chose me disait qu'il valait mieux que la blague conserve son mystère.

Le cheval grimpa laborieusement le reste de la

colline jusqu'à un ponton. Le lac s'étendait devant nous. De cet endroit, nous avions une vue sur le champ où nous avions trouvé le sanglier, des bois et une plage de galets.

« Les voilà », dit Caleb en désignant des cerfs qui s'abreuvaient au bord du lac. Il guida le cheval sur le chemin.

« Et que lui est-il arrivé ? » demandai-je quand nous nous fûmes enfoncés dans la forêt. « À Leif ? »

Le corps agile de Caleb suivait le dandinement du cheval comme s'ils ne faisaient qu'un. Je fixais son dos, fascinée. « Leif avait un frère jumeau. Asher. Quelle que soit la question, ils se regardaient toujours avant de répondre. » Nous nous dirigions vers la rive. « Un jour, nous sommes allés travailler alors qu'Asher était malade. En y repensant, ça ne devait pas être bien grave. Mais les gardes étaient terrifiés. Ce n'était que quelques années après la peste. Lorsque nous sommes revenus, son lit de camp était vide. Il avait disparu.

— Il était mort ?

— Non. Ils l'avaient emmené dans les bois et l'y avaient abandonné.

— Qui ?

— Les gardiens. Ils avaient bloqué ses jambes avec des rochers. Cette nuit-là, nous les avons entendus se vanter d'avoir empêché le retour de la peste. »

Je mis ma main sur ma bouche en imaginant l'un des garçons du campement, seul dans les bois, malade, les jambes clouées au sol.

« C'est comme si quelque chose s'était cassé à

l'intérieur de Leif. Après cela, il n'a plus jamais été le même… » Caleb descendit de cheval et banda son arc tout en s'approchant doucement des cerfs. Certains levèrent la tête mais, en voyant Caleb si calme, ils se concentrèrent à nouveau sur l'eau.

Caleb fit quelques pas de plus avant d'en viser un. La flèche s'envola et atterrit dans le cou de la biche. Les autres animaux détalèrent dès qu'elle se mit à vaciller. En quelques secondes, Caleb décocha une autre flèche qui l'atteignit en plein flanc. Paniquée, elle courut dans l'eau, puis revint péniblement sur la rive, une traînée de sang derrière elle.

« Arrête ! hurlai-je en sautant de cheval. Elle souffre. »

Caleb s'approcha d'elle calmement. « Ça va aller », dit-il doucement à la biche. Il lui prit la tête entre ses mains et dégaina son couteau. « Tout va bien se passer. » Puis, après lui avoir chuchoté des paroles apaisantes, il l'égorgea d'un geste vif. Le sang s'écoula sur la plage de galets. Le lac se teinta de rouge.

En regardant la vie quitter les yeux de l'animal, je me mis à trembler et les larmes ruisselèrent sur mes joues.

J'avais grandi au milieu de la mort. Je l'avais vue sur le visage des voisins qui utilisaient des sacs de couchage en guise de cercueils ; dans les foules de malades qui se battaient devant les pharmacies, leur peau rouge et boursouflée ; et sur ma mère, debout sous le porche, saignant du nez.

Mais pendant les douze années passées à l'École,

j'avais été en sécurité. Les murs nous protégeaient, les médecins nous soignaient, je portais un sifflet d'urgence autour du cou.

Alors que Caleb berçait la biche, je sanglotai à chaudes larmes. Elle était là, elle m'avait attendue pendant tout ce temps : la mort, inévitable, omniprésente. Pour toujours.

CHAPITRE 14

Le lendemain matin, le souvenir de la mise à mort me revint dès mon réveil. Les garçons avaient transporté la biche dans l'abri en la ficelant par les pattes à une branche. Effondrée, j'étais retournée dans la caverne où dormait Arden.

J'allumai la lanterne près de notre lit. Caleb nous avait apporté un tas de vêtements lavés dans le lac. J'enfilai une chemise d'homme. Je ne savais toujours pas où se trouvait le propriétaire des livres pour enfants ni pourquoi il avait déserté sa chambre. J'ouvris un carnet posé sur le bureau. Quatre mots étaient écrits : *Mon nom est Paul.* L'écriture était hésitante, les lettres espacées de manière inégale. Je repensai à ce qu'avait dit Caleb, qu'en un sens les garçons avaient plus souffert que les filles. Je fermai les yeux et imaginai Ruby emmenée dans la pièce aux lits étroits. Je me la représentais posant des questions aux médecins d'un ton innocent. *Où sont nos livres ? Quand irons-nous à la Cité des Sables ? Pourquoi sommes-nous ligotées ?* On nous avait presque tout pris, mais on nous avait donné au moins une chose : je saurais toujours lire, écrire et épeler mon nom.

Derrière moi, j'entendis des pieds nus claquer sur le sol boueux. Je me retournai juste à temps pour voir un garçonnet se précipiter sur moi et m'arracher le carnet des mains. Il avait des cheveux châtains ébouriffés et portait une salopette maculée de boue.

« D'où viens-tu ? demandai-je doucement pour ne pas l'effrayer. Qui es-tu ?

— C'est à mon frère. » Il tenait le carnet comme un trophée.

« Je ne voulais pas être indiscrète », dis-je calmement sans quitter des yeux son corps frêle. Il avait environ 6 ans et affichait le sérieux d'un adulte. « Je...

— Il apprenait à lire, dit-il. Il allait m'apprendre, mais il est mort. »

Je jetai un coup d'œil à Arden, inerte sur le matelas, la peau luisante de sueur. Une assiette de légumes était posée à côté d'elle depuis la veille au soir. « Qu'est-ce qu'il avait ? Il était malade ? » J'eus une boule dans la gorge.

« Il avait commencé à chasser. Caleb a dit que c'était une crue subite. » Il feuilletait les pages griffonnées en parlant. « Paul a pris soin de moi quand nos parents ont disparu. C'est lui qui m'a emmené ici.

— Je suis désolée.

— Je ne comprends pas pourquoi tout le monde

dit ça. » Il me regarda de ses yeux brillants. « Ce n'est pas ta faute.

— C'est vrai... » Dans mes rêves, je voyais Pip dans un petit lit blanc avec un ventre énorme. Parfois, elle se tortillait pour se libérer des liens de cuir en appelant au secours les autres filles allongées près d'elle. Parfois elle était telle que dans mes souvenirs, assise à son bureau, occupée à résoudre un problème de mathématiques. Soudain, elle se tournait, le visage rouge de colère et désignait son énorme ventre. *Pourquoi ?* demandait-elle en s'approchant lentement de moi. *Pourquoi ?* Je ne cessais pas de répéter *Je suis désolée, je suis désolée* jusqu'à ce qu'elle se précipite sur moi et que je me réveille.

Je m'éclaircis la voix et mon regard croisa celui du garçon. « ... C'est comme dire *J'ai de la peine.* Ou *Je souffre pour toi*. C'est peut-être idiot mais c'est ce que disent les gens. »

Le garçon m'étudia sous tous les angles et caressa mes cheveux. « On m'a dit que tu es une fille », déclara-t-il.

J'acquiesçai.

« Tu es ma mère ?

— Non, je ne suis pas ta mère. »

Silence. Il mordilla ses lèvres gercées pendant un moment.

« Je m'appelle Benny, finit-il par ajouter alors qu'il se dirigeait vers la porte. Tu veux voir ma chambre ? Tu pourras rencontrer Silas, il dort dans le lit d'à côté. »

J'hésitai. Arden était pelotonnée dans son lit. Elle n'avait pas ouvert les yeux depuis la veille. « D'accord, dis-je au petit garçon, contente d'avoir quelqu'un à qui parler. Allons-y. »

Je le suivis dans le couloir sinueux jusqu'à une petite pièce exiguë. Deux matelas étaient posés sur le sol au milieu de boîtes de conserve. Un autre garçon à la peau burinée dessinait dans la terre avec un bâton. Ses cheveux noirs étaient de longueurs différentes (par endroits, on voyait même son crâne) et il portait un long tee-shirt rentré dans un tutu violet.

C'était donc Silas. La petite fille que j'avais suivie dans la forêt était en fait un petit garçon.

« Je te connais, toi, m'écriai-je en m'avançant vers lui. Tu m'as fait peur la nuit dernière. Pourquoi ne t'es-tu pas arrêté quand je t'ai appelé ? »

Silas se figea. « Je courais..., dit-il en laissant tomber son bâton, parce que tu me poursuivais. » Assis en tailleur, il paraissait très petit.

« Il y a d'autres garçons du même âge que vous ? », demandai-je. Silas reprit son bâton et se concentra sur ses dessins. « Vous êtes les plus jeunes ? »

Benny s'assit à côté de lui. Il me tourna le dos et, pour la première fois, je remarquai une longue cicatrice rose dans sa nuque, à moitié cachée par ses cheveux. « Ouais. Il y a Huxley. Il a 11 ans. Parfois il joue avec nous, mais tous les autres sont toujours en train de faire leurs corvées ou de s'entraîner.

— S'entraîner à quoi ? »

Silas dessinait quelque chose qui ressemblait à un cerf avec un X pour les bois.

« À 15 ans, les garçons deviennent des chasseurs, répondit Benny.

— Donc ton frère avait 15 ans », dis-je. À cause des livres illustrés, j'étais partie du principe que Paul était un enfant. Mais il avait dû commencer son apprentissage avec les livres les plus simples qu'il avait pu trouver. « Et il apprenait à lire tout seul ? »

Benny acquiesça. « Tu sais lire ? demanda-t-il.

— Oui.

— Tu m'apprendras ?

— Avec plaisir. »

Pour la première fois depuis notre rencontre, Benny sourit. Il lui manquait une dent de devant. Prise d'une inspiration soudaine, je m'emparai du bâton de Silas et je m'agenouillai. J'inscrivis rapidement un mot dans la terre, sans réfléchir. Puis, d'un geste, je le soulignai. « Tu sais ce que c'est ? » demandai-je.

Silas fixa les lettres puis moi, médusé. Il fit non de la tête.

« C'est ton nom, dis-je en pointant les lettres une par une. S-I-L-A-S. » Puis j'écrivis un autre mot au-dessous. « Et ça, c'est Benny. »

Benny sourit. Silas me regarda fixement, sa bouche forma un petit *Oh*. « Silas », répéta-t-il en passant l'index sur le sol.

Je reposai le bâton et me relevai, folle de joie.

« Attendez-moi ici une minute, dis-je en pensant à tous les livres empilés sur l'ancien bureau de Paul. Je reviens tout de suite. »

*
* *

Benny, debout devant le mur humide, écrivait avec un bâton. « Oui, c'est ça », dis-je à la pièce remplie de garçons silencieux. Il termina le *Y* et recula d'un pas avant d'épeler le mot.

« Benny, lut-il ensuite avec un large sourire édenté.

— Très bien », dis-je en prenant une pile de livres pour enfants. J'avais commencé à apprendre les lettres à deux garçonnets mais des garçons plus âgés avaient glissé la tête dans l'embrasure de la porte et s'étaient finalement joints au groupe.

« Lisons un livre, proposai-je en prenant celui en haut de la pile. "Il était une fois un arbre, commençai-je en montrant la page à la classe, qui était amoureux d'une petite fille. Et chaque jour, la petite fille venait." » Je m'interrompis. Silas avait levé la main. C'était la première chose que je leur avais apprise pour éviter qu'ils ne parlent tous en même temps.

« Qu'est-ce que ça veut dire "il était amoureux d'elle" ? » demanda-t-il.

Kevin, le garçon aux lunettes cassées, soupira. « Ça veut dire qu'il veut embrasser la fille. C'était comme ça avant la peste. » Il me sourit timidement, ses joues rougirent un peu.

« Embrasser une fille ? » répéta Silas, incrédule.

Huxley intervint. « Non, ce n'est pas ça. C'est un arbre. Un arbre n'embrasse pas une fille.

— Mais de quoi vous parlez ? s'exclama Silas, perdu.

— On peut aimer qui on veut, dis-je. L'amour, c'est tenir très fort à quelqu'un. Sentir que si cette personne n'était plus là, votre monde s'écroulerait. » Je repensai aux éclats de rire de Pip et aux samedis matin passés à sauter d'un lit à l'autre avec Ruby.

Après un long moment de silence, Benny leva les yeux. « J'aimais mon frère, déclara-t-il.

— J'aimais ma mère, ajouta Michael, un adolescent de 15 ans.

— Moi aussi, j'aimais ma mère, dis-je. Je l'aime toujours. Car l'amour ne s'éteint jamais, même si la personne disparaît. » J'attendis un peu avant de rouvrir le livre. « Donc "chaque jour, la fillette venait et cueillait des feuilles pour en faire une couronne..."

— Kevin ! Michael ! Aaron ! Où êtes-vous ? » La voix de Leif résonna dans le couloir. Il apparut, son corps musclé couvert de poussière et de boue. Ses yeux noirs et froids me fixèrent sans trahir le moindre sentiment. « Où sont les seaux ? »

Parmi les garçons les plus âgés, certains se levèrent. « On allait le faire après... après la lecture.

— La lecture ? » se récria Leif en leur fonçant

dessus. Il ne me jeta pas un regard. Il me tournait le dos comme si je n'étais qu'un meuble. « Vous allez le faire maintenant ! D'ailleurs vous étiez censés le faire ce matin ! Apportez les seaux d'eau de pluie à l'intérieur, autour du feu.

— Ça ne peut pas attendre quelques minutes ? On a presque fini », dis-je.

Les garçons se tournèrent tous vers moi.

Leif s'avança, son odeur musquée emplissait l'espace entre nous. « Attendre pour quoi ? » Il m'arracha le livre des mains. « Pour ça ? Ces garçons n'ont pas besoin de savoir lire. Ils ont besoin d'apprendre à se débrouiller seuls.

— Et ils y arriveront. » Je me tins bien droite. « Mais ils devraient aussi être capables de lire des panneaux de signalisation et d'écrire leur nom. »

Leif regarda les élèves. Ils étaient une petite dizaine, serrés les uns contre les autres. Sa bouche s'ouvrit et se referma doucement, puis il échangea un regard avec Kevin, le plus âgé dans la pièce, et opina.

« Vous pourrez remplir vos seaux juste après votre leçon. Quant à toi… » Il me scruta. Malgré son regard froid, j'aurais juré percevoir une certaine douceur dans son expression, presque un sourire. « Si tu restes ici et que tu enseignes à ces garçons, je vais t'expliquer comment ça se passe. Les plus vieux (il désigna Kevin et Aaron qui étaient appuyés contre le mur) vont bientôt sortir de l'abri pour assumer leurs tours de garde et de chasse. La cérémonie initiatique commencera après-demain au coucher du soleil. » Il sortit.

Je sentis que le pouvoir avait changé de mains et je repris ma lecture. « "Et chaque jour, la fillette venait et cueillait des feuilles"... »

Chapitre 15

Cette nuit là, lorsque la toux d'Arden se calma et qu'elle s'endormit, je m'aventurai dans les tunnels, munie d'une lampe de poche. Le campement était silencieux. Au bout de quelques jours, j'avais visualisé la structure en étoile de l'abri : les cinq tunnels débouchaient dans la pièce circulaire principale. J'empruntai le second tunnel.

Je ne cessais pas de penser à Paul, le frère de Benny. Il avait fait des lignes d'écriture sur ce bureau, il s'était allongé sur le même matelas que moi et avait lui aussi contemplé les fissures du plafond. Le jour fatal, peut-être avait-il senti la mort approcher, comme une tempête. Ou peut-être que, comme tous les matins avant de partir chasser, il était passé par la chambre de Benny sans le réveiller, sans savoir que c'était la dernière fois qu'il le voyait.

Des ronflements envahissaient le couloir obscur. J'avais encore tant de questions en tête. Que se passait-il dans les camps de travail en dehors du transport des briques et des pierres ? Pourquoi des enfants aussi jeunes que Benny et Silas étaient envoyés là-bas ?

Au détour d'un virage, à la sixième porte, je le reconnus avec sa chemise fripée et son short plein d'accrocs. Ses jambes reposaient sur le bras d'un fauteuil et sa tête sur l'autre.

« Caleb ? Tu dors ? » demandai-je.

Il se réveilla en sursaut, regarda autour de lui comme pour se rappeler où il était, se frotta le visage, passa la main dans ses cheveux et sourit.

« Bienvenue dans mon humble demeure. » J'aperçus un matelas et une couette déchirée à même le sol. Une radio métallique et un combiné semblables à ceux que nous avions à l'École étaient posés sur une table. Les murs étaient recouverts de cartes en partie rongées par la moisissure.

« Que fais-tu avec tous ces livres ? » demandai-je en m'avançant vers une pile d'ouvrages posée par terre. En passant le doigt sur les tranches, je reconnus quelques titres familiers : *Les Trois Mousquetaires*, *Gatsby le Magnifique* et *L'Attrape-cœur*.

Caleb se leva. Son épaule frôla la mienne. « Il m'arrive de faire un truc bizarre, dit-il en m'adressant un sourire mystérieux. J'ouvre un livre et je regarde chaque page. Ça s'appelle lire.

— Je sais ce que c'est de lire ! » dis-je en riant. J'eus soudain très chaud. Mes joues rougirent. Je m'ébouriffai les cheveux. « Mais comment ? Benny m'a dit qu'aucun d'entre vous n'avait appris à lire.

— Ah, tu as rencontré Benny ? » Ses yeux s'attardaient sur mes lèvres, mes sourcils, mes joues.

J'acquiesçai. « Aujourd'hui. Ainsi que Silas et d'autres garçons. Silas est la petite fille que j'avais cru voir. Il portait un tutu. »

Caleb rit. « Il l'a trouvé au fond d'un des cartons récupérés dans un entrepôt. Leif et d'autres garçons savent ce que c'est, mais comment lui dire ? Il l'aime tellement. »

Je souris, tout mon corps soudain en éveil. Je pris l'exemplaire des *Trois Mousquetaires* pour occuper mes mains tremblantes. « J'ai commencé à leur apprendre à lire. Tu ne leur as jamais montré l'alphabet ? Leurs noms ?

— J'ai été envoyé en camp de travail à 7 ans. J'avais un peu appris avant la peste. Ma mère m'avait enseigné quelques bases avant de mourir : des petits mots et les sons. Et puis ici, je lis le soir pour… pour m'évader, j'imagine. Nous n'avons jamais envisagé d'apprendre à lire aux garçons, surtout avec Leif dans le coin. Les plus âgés doivent chasser, pêcher, travailler la terre et monter la garde. Toute la journée, chaque jour. Les garçons ont plus besoin de nourriture que de livres. Malheureusement. » Il souffla et me regarda dans les yeux. « Je suis content que tu leur apprennes à lire. »

Il soutint mon regard jusqu'à ce que je regarde ailleurs. « Tu les as tous lus ?

— Du premier au dernier mot, répliqua Caleb en riant. Je ne suis pas qu'un homme des cavernes, hein ? »

J'apercevais son torse bronzé à travers sa chemise en lambeaux. « Je n'ai pas vraiment dit ça ?

— Tu n'avais pas besoin de le dire », répondit-il.

Je traversai la pièce vers une autre pile de livres. Caleb me suivit. Il se tenait juste derrière moi. « J'avais tort, dis-je.

— Ah, vraiment ? fut sa seule réponse.

— Dans tous les livres, les hommes font preuve d'un tel mépris pour les femmes. »

Caleb inclina la tête. « Je pensais bien que tu avais reçu une éducation diabolisant les hommes, mais je n'imaginais pas à quel point.

— Pas du tout. J'ai lu de nombreux romans à l'École et tous montrent que les hommes désirent des femmes plus jeunes qu'eux, qu'ils sont incapables de rendre heureux ceux qui les entourent. »

Caleb ne cacha pas son étonnement. « Je ne suis pas d'accord. Sans les femmes, la plupart des héros sont perdus. Démunis. Même Roméo préfère mourir plutôt que de vivre sans Juliette.

— Cette pauvre Juliette est victime de Roméo. Il n'a pas le courage de ses actes, il la manipule. »

Caleb ne détourna pas le regard. « Roméo renonce à la vie dès qu'il croit Juliette morte. C'est ce qui se passe dans le livre, Ève. »

Je m'assis dans le fauteuil. Pour la première fois, la forte odeur du camp ne me dérangeait pas.

« C'est que..., dis-je, gênée. Ce n'est pas comme ça qu'on me l'a enseigné. »

Je me détournai pour que Caleb ne voie pas l'émotion

qui voilait mes yeux. J'avais travaillé si dur à l'École, pris des notes détaillées à chaque cours. Et pour quoi ? Pour remplir ma tête de mensonges ?

« Parfois, j'ai l'impression d'ignorer tout ce que je devrais savoir. Et que tout ce que je sais est faux. » La colère grandissait en moi. Je me dirigeai vers la porte, mais Caleb me retint par la main.

« Attends. » Nos doigts s'entrelacèrent pendant un instant. Puis il me lâcha. « Qu'est-ce que tu veux dire ?

— J'ai passé douze ans à l'École et je ne sais même pas nager. » Je ne savais pas non plus pêcher. J'ignorais même *où* j'étais. J'étais totalement nulle.

Nous restâmes face à face dans l'encadrement de la porte pendant un moment. Je réfléchissais à ce qu'il venait de dire. Peut-être qu'ici, loin de l'École, les livres seraient différents. Je serais différente.

« Le problème de la natation est facile à régler. » Il appuya sa main contre le mur, quelques centimètres au-dessus de ma tête. « Un jour, je t'apprendrai.

— Un jour ? dis-je en me demandant s'il pouvait entendre les battements de mon cœur. Je ne te crois pas.

— Crois-moi. » Il me fixa à nouveau de son regard vert. Qui allait cligner des yeux le premier ? Je comptai dans ma tête. *Un, deux, trois…*

Soudain, je me faufilai sous son bras pour rejoindre le tunnel. « C'est noté. » Je me retournai. Il me regardait toujours. « Bonne nuit », dis-je. La chaleur de son regard m'enveloppa jusqu'à ce que je m'endorme.

CHAPITRE 16

Sur la rive, Caleb retira son tee-shirt, plongea dans le lac et disparut sous l'eau.

Une minute passa. Je scrutai la surface. « Caleb ? » criai-je. Je courus le long de la rive à la recherche du moindre signe de lui, mais rien.

Il finit par surgir de l'eau à cent mètres de là. Je libérai mon souffle, comme si j'avais retenu ma respiration en même temps que lui.

« Frimeur ! » criai-je.

Je laissai glisser la serviette que j'avais sur les épaules pour me retrouver en « maillot de bain » : un short en jean et mon sweat de l'École dont j'avais coupé la capuche.

Je mis mes pieds dans l'eau froide, le cœur battant. Le soleil filtrait à travers les arbres, l'air était plus vivifiant que d'habitude. Plus j'avançais, plus le lac devenait profond. Je fus alors prise de vertiges. Je fixai le fond de l'eau en tentant de contrôler mes nerfs. Petit à petit, je me sentis plus sûre de moi. Arden allait mieux. Elle était toujours alitée, mais elle s'alimentait et avait bien meilleure mine. Je ne tressaillais plus lorsque je croisais Leif et je n'avais plus peur d'explorer le campement. Peu à peu, je prenais mes aises dans notre logement temporaire.

Caleb revint à la nage. Non loin de la rive, il se mit debout. L'eau lui arrivait à la taille. « Allons-y. Ici, ce n'est pas profond. »

Tout en repensant à cette nuit à l'École, à la sensation d'étouffement qui s'était emparée de moi lorsque le sol s'était dérobé sous mes pieds, j'avançai lentement dans l'eau. Caleb s'approcha et me tendit la main.

Je la saisis sans réfléchir ; une chaleur m'envahit, la même que celle que j'avais ressentie dans sa chambre. J'étais si près de lui que j'en eus la chair de poule.

« Tu vois ? » Il sourit. Des gouttelettes perlaient sur son torse bronzé parsemé de taches de rousseur. « Ce n'est pas si terrible. »

Bientôt, j'eus de l'eau jusqu'à la taille. Je voulus rebrousser chemin, retourner vers la terre ferme. Mais Caleb me prit par les deux mains et me fixa de ses yeux verts. Nous nous enfonçâmes dans l'onde.

« Ça va ? » demanda Caleb lorsque l'eau m'arriva aux épaules. J'acquiesçai. Mon cœur battait rapidement. « Très bien. Maintenant, on va mettre la tête sous l'eau. Un, deux…

— Attends ! hurlai-je. La tête sous l'eau ? » J'avais besoin de plus de temps pour m'adapter à la température, pour me préparer.

« Tu resteras le temps que tu pourras. À trois. » J'allais objecter mais Caleb se mit à compter. « Un, deux, trois. » J'inspirai à fond et pinçai les lèvres.

J'étais complètement immergée. Mon cœur s'emballa lorsque je vis des bulles d'air s'échapper vers la surface. Face à moi, Caleb me tenait par les mains, les yeux ouverts. Son visage était si doux, son regard si concentré et gentil que, l'espace d'un instant, j'oubliai qu'il appartenait à l'autre sexe, celui contre lequel on m'avait mise en garde. Celui dont j'avais eu peur toute ma vie.

À ce moment-là, il était simplement Caleb.

*
* *

Nous restâmes dans le lac jusqu'au coucher du soleil. Je m'entraînai à retenir ma respiration, à mettre la tête sous l'eau et à faire la planche.

Alors que nous traversions les bois vers l'abri, le ciel s'obscurcit. Je me mis à trembler de froid. Caleb retira son sweat et me l'offrit.

« Je me demandais..., dis-je. Comment as-tu autant appris sur le monde en dehors des camps de travail ? Comment es-tu arrivé ici ? Comment savais-tu où aller ? »

Nous marchions sur un sentier étroit. Caleb ouvrait la marche. Il écartait les branches pour que je passe dessous.

« Les deux semaines après la mort d'Asher furent étranges, répondit-il, les yeux rivés sur le chemin. Leif refusa de travailler et fut placé en isolement. Les autres garçons craignaient de faire quelque chose qui énerve les gardes. Le seul objet que nous étions autorisés à avoir dans les camps de travail était une radio en métal noir. Allongés sur nos lits, nous écoutions l'émission émise de la Cité des Sables.

— Je l'ai aussi écoutée quelquefois quand j'étais à l'École », déclarai-je en essorant mes cheveux. Une fois par mois, nous nous réunissions dans l'auditorium pour écouter les nouvelles de la Cité des Sables. Le roi parlait des gratte-ciel géants en cours de construction et des nouvelles Écoles ouvertes pour les enfants de la Cité. Il érigeait une ville dans le désert (*il créait quelque chose à partir de rien*, disait-il) entourée d'immenses murs pour nous protéger des rebelles, des maladies et des dangers du monde extérieur. À l'époque, ces mots me réconfortaient. « Le roi parlait avec emphase. »

Caleb ramassa un caillou. « Je me souviens de cette voix. Je ne l'oublierai jamais. » Il jeta la pierre dans les bois, son visage s'assombrit. « Il n'évoque jamais les orphelins qui triment dans la Cité, des garçons de 7 ans qui travaillent sur des chantiers quatorze heures par jour par quarante degrés. De ceux qui meurent écrasés par des murs ou en tombant des gratte-ciel. Ou des filles utilisées comme reproductrices. Il prétend que nous faisons tous partie de la

Nouvelle Amérique, mais elle se construit sur le dos des orphelins.

— Alors, qui élève les enfants ? Les survivants dans la Cité ?

— Les gens sont assis dans leurs appartements neufs donnant sur des canaux creusés par des garçons de 14 ans et ils nourrissent des bébés auxquels des filles de 18 ans ont donné naissance. Ils skient sur des pistes en intérieur et mangent dans des restaurants au sommet de gratte-ciel où les orphelins travaillent sans être payés. C'est écœurant.

— Comment t'es-tu échappé ? » lui demandai-je une fois de plus. Je pensais aux horreurs du camp de travail, à Asher seul dans la Zone, les jambes clouées au sol, et aux garçons aussi jeunes que Silas portant des pierres sur leur dos.

« C'était une nuit, après un discours particulièrement énervant à propos du nouveau palais royal, commença-t-il en me tendant la main pour m'aider à enjamber un tronc. Je n'arrivais pas à dormir. Je fixais les lits vides de Leif et d'Asher. Les gardes avaient trouvé un garçon de 2 ans dans les bois. Il pleurait. Ses parents venaient de mourir. Les conditions de vie étaient si difficiles, le monde dans un tel état de chaos que de nombreux enfants perdaient leurs parents même après l'éradication de la maladie. J'étais devenu si insensible que je l'ai simplement écouté pleurer pendant deux heures. Un gang avait abattu sa mère. Je m'en fichais. Cela ne me touchait pas puisque rien ne le pouvait. J'étais si… » Caleb s'arrêta de marcher et se retourna.

Il éclaircit sa voix et choisit ses mots. « J'étais si insensible. J'en ai encore honte. » Après l'avoir vu bercer la biche jusqu'à ce qu'elle meure, je n'arrivais pas à croire qu'il ait pu être froid.

« Je me suis dit que je ne pouvais plus vivre là, poursuivit-il. Ce n'était d'ailleurs pas une vie. J'étais terrifié et désespéré. » Il soupira. « Alors que je parcourais les stations de radio, j'ai entendu une voix. Je ne comprenais rien à ce qu'elle racontait.

— Que disait-elle ?

— Je n'oublierai jamais cette première phrase. C'était : "Rose est si intelligente, si touchante, animée, nous chantons ensemble." »

Je me penchai, comme si le fait de me rapprocher de lui m'aiderait à décrypter la phrase. « Qui est Rose ? Je ne comprends pas. » Le vent se leva. L'ombre des arbres dansa sur le visage de Caleb.

« Au début, je ne comprenais pas non plus. L'homme répéta la même formule plusieurs fois, puis une autre phrase codée. Il avait une voix envoûtante. Je me suis concentré sur son ton. Il était presque suppliant, il essayait de me dire quelque chose. » Caleb leva les yeux. Nos regards se rencontrèrent. « "Rose est si intelligente, si touchante, animée, nous chantons ensemble."

— R-É-S-I-S-T-A-N-C-E », m'écriai-je.

Caleb sourit et ce fut comme si le monde disparaissait, que nous n'étions que tous les deux.

« Oui. Résistance. » Il prit ma main. « La voix continua son monologue. Au cours des nuits suivantes, l'homme parla d'un endroit dans la Zone où, si l'on s'échappait, il pouvait nous rejoindre. J'ai attendu le retour de Leif pour échafauder un plan. Pendant plusieurs mois, nous avons étudié les habitudes des gardes et trouvé une faille dans leur routine. Une nuit, nous sommes partis tous les trois.

— Tous les trois ? »

Caleb regarda nos mains jointes et sourit comme si cette vision lui plaisait. « Nous avons emmené avec nous le petit garçon dont la mère avait été tuée. Silas. » Nos doigts s'entremêlèrent. Nous reprîmes notre marche.

« Et vous êtes venus ici », dis-je, mes yeux plongés dans les siens. Nous arrivions au niveau de la clairière.

« C'était il y a cinq ans. Un groupe de garçons construisait le campement sous la direction de l'homme dont j'avais entendu la voix à la radio, nuit après nuit. Moss. Il a créé la Piste. Sur toute la côte Ouest, des lieux sûrs parsèment la route menant à des abris comme celui-ci. Pour arriver jusqu'ici, Leif, Silas et moi avons voyagé deux mois d'affilée, dormant chez des rebelles, des gens qui vivent hors de la Cité. Ils ne croient pas non plus à ce que fait le roi et aident les garçons et les filles dans leur fuite. »

Il déplaça la bûche sur le flanc de la colline et ouvrit la porte secrète. Le campement était silencieux et plongé dans le noir.

« C'est donc ça. Mon professeur m'a parlé d'un endroit au bord de la mer où Arden et moi devons aller, Califia. » Je guettai sa réaction à l'idée que je parte, mais il ne changea pas d'expression. Maintenant qu'Arden pouvait à nouveau marcher, notre départ vers l'ouest n'était qu'une question de jours. Caleb se trouvait juste à côté de moi et il me manquait déjà.

« Oui, c'est le plus grand refuge pour les orphelins et les vagabonds.

— Et Moss ? demandai-je. Où est-il ? »

Caleb me guidait dans le tunnel. « Il paraît qu'il se trouve dans la Cité, mais ce n'est pas certain. Il garde sa position secrète et voyage tellement sur la Piste qu'il est impossible de le localiser. Il envoie toujours des messages mais nous ne l'avons pas vu depuis plus d'un an. »

J'aurais aimé connaître l'existence des messages radio et de la Piste avant de quitter l'École, Ruby et Pip. Peut-être pourrais-je les contacter de Califia.

Devant la porte de ma chambre, je sentis la douceur de la main de Caleb, l'odeur agréable de sa sueur. Je remarquai les taches de rousseur sur son nez et son front. Aucun de nous ne parla. Je caressai sa paume, ses doigts, ses ongles. Il posa son menton sur ma tête. Mon visage n'était qu'à quelques centimètres de son torse.

« Tu a été super aujourd'hui, finit-il par dire.

— Merci encore de m'avoir appris. » À peine entrée dans la chambre, je ne pus m'empêcher de me retourner. Il était toujours là.

J'avais écouté ce que le professeur Agnès avait dit. J'avais étudié l'Illusion de la Connexion et les Dangers des Garçons et des Hommes et lu le manuel intitulé *Manipulations subtiles*. Malgré tout, quelque chose en moi n'avait pas peur. J'étais certaine qu'il était un homme bien.

« Bonne nuit, Ève », dit-il. Il baissa les yeux timidement, et disparut dans l'obscurité.

CHAPITRE 17

« Je parie qu'Aaron est le nageur le plus rapide, dit Benny. C'est un vrai poisson. »

Nous étions tous les deux sur un ponton au nord de l'abri. Nos yeux parcouraient le lac à la recherche des nouveaux Chasseurs. La fièvre d'Arden était tombée et elle avait repris des couleurs. Ses jambes étaient toujours faibles, mais elle avait insisté pour se joindre à nous et j'étais heureuse de l'avoir à mes côtés.

Elle lâcha la menotte de Silas. « Tu as les mains moites, dit-elle en s'essuyant sur son short en jean. J'ai l'impression de tenir une limace, ajouta-t-elle avec un air de dégoût. Quoi ? Qu'y a-t-il de si drôle ?

— Tu vas vraiment mieux », m'esclaffai-je. Elle était sortie de son lit depuis moins d'une heure et elle s'énervait déjà. C'était bon signe.

Pendant la journée, alors que j'enseignais aux garçons, Caleb et Leif avaient parcouru les bois à la recherche de signes des troupes. Une fois le périmètre jugé sûr, ils avaient emmené les nouveaux Chasseurs de l'autre côté du lac. Ces derniers devaient courir seize kilomètres sur la rive et terminer par un plongeon dans le lac glacial. Ils pouvaient apparaître d'un instant à l'autre. Ils devaient ensuite courir sur la plage où les attendaient quatre lances agrémentées de lames en pierre blanche.

Je contemplai l'endroit où Caleb m'avait appris à nager. La nuit dernière, j'avais rêvé que nous étions portés par l'eau, main dans la main. Pendant toute la journée, alors que je faisais visiter l'abri à Arden et que je corrigeais les mots écrits par Benny dans la boue, je n'avais cessé de penser à lui.

Kyler, un grand garçon aux cheveux roux bouclés, courut vers la rive, une paire de jumelles cassées entre les mains. « Ils sont là ! Je les vois ! » hurla-t-il. Benny et Silas sautaient pour essayer d'attraper ses jumelles.

Les garçons nageaient tous au même rythme. Michael menait la troupe, sa coupe afro visible du ponton.

« Ils sont super rapides ! » s'écria Silas. La peinture de son visage avait laissé des traces dorées sur ses mains. « Regardez Aaron !

— Allez ! Allez ! » Benny les encourageait. La foule des garçons derrière nous se jeta dans l'eau. D'autres tapaient à l'unisson sur des bâtons. Pam ! Pam ! Pam !

Lorsque les nouveaux Chasseurs se rapprochèrent de la berge, un canoë sortit des arbres derrière eux. Leif et Caleb pagayaient. Les plus vieux du campement les suivaient à bord de quatre embarcations. Leurs visages étaient peints en noir, agrémentés de lignes sur leurs joues et l'arête du nez. En voyant Caleb, mon corps tout entier exulta.

Parmi toutes les contrevérités énoncées par le professeur Agnès, à l'époque je m'étais rendu compte qu'elle avait tort sur un point. *Le bonheur réside dans la perspective du bonheur à venir*, avait-elle expliqué, un exemplaire des *Grandes Espérances* à la main. Je m'étais alors souvenue du jour où Ruby avait trouvé un chaton dans un buisson et où nous avions caressé sa douce fourrure à tour de rôle. Mais aussi d'un soir, après le coucher de la directrice, où nous avions empilé nos matelas sur le lit de Pip et sauté dans tous les sens. *Non*, avais-je alors pensé, et j'en eus la confirmation en voyant le sourire éclatant que Caleb arbora en m'apercevant, *le bonheur réside dans l'instant*.

Aaron se mit à courir dès que l'eau lui arriva aux genoux, talonné par Michael, puis Charlie et enfin Kevin. Ils foncèrent vers les quatre lances.

« Regardez-les ! » cria Silas, les mains crispées sur son tutu.

Michael s'empara de la première lance et la jeta. Les autres firent de même. Penchés en avant, les mains sur les cuisses, les nouveaux Chasseurs reprenaient leur souffle. Silas et Benny suivirent les autres pour rejoindre les quatre héros du jour.

Le canoë de Leif et Caleb accosta en raclant les rochers. Ils jouèrent des coudes parmi la cohue des garçons surexcités jusqu'aux nouveaux Chasseurs.

Caleb croisa mon regard et m'adressa un sourire discret. *Salut*, articulai-je.

« Tes oreilles rougissent. » Arden me donna un coup de coude. « Reprends-toi, Ève. »

Leif ordonna aux quatre nouveaux Chasseurs de s'aligner devant lui.

« Aujourd'hui, vous vous êtes comportés en hommes. Demain, vous partirez chasser seuls. Nous comptons sur vous. Ces garçons, poursuivit-il en désignant les plus jeunes d'entre nous et Benny dont le nez coulait, ont besoin d'être protégés, de se sentir en sécurité, loin des camps de travail. Désormais, ces bois sont votre maison, ces garçons, votre famille. Nous sommes frères. » À ces mots, chaque garçon posa l'index sur son tatouage.

Caleb sortit un morceau de charbon de sa poche. « Le temps est venu pour vous de prêter allégeance à la Piste. Jurez-vous de vous consacrer au bien des orphelins, libres et esclaves ? »

Les garçons acquiescèrent. « Je le jure », clamèrent-ils d'une seule voix.

Caleb s'avança. Il passa son pouce noirci par le charbon sur le front et le nez de Michael. Il répéta le même geste sur les visages de Charlie, d'Aaron et de Kevin.

« À présent, vous êtes des Chasseurs. Vous êtes des hommes ! » déclara Leif. Il leva les bras en l'air, les poings serrés, les muscles bandés. Il ressemblait aux statues grecques que j'avais vues dans les livres d'art.

Silas fut le premier à sortir de la foule. Il se précipita

sur Kevin et l'enlaça si fort qu'ils faillirent perdre l'équilibre. Les autres garçons se ruèrent sur les nouveaux Chasseurs en riant et leur tapèrent dans le dos pour les féliciter. Michael hissa Benny sur ses épaules pendant qu'Aaron remerciait Leif et Caleb.

Quand les acclamations se calmèrent, les nouveaux Chasseurs se rassemblèrent autour de souches d'arbres sur lesquelles étaient disposés des assiettes de viande de sanglier, des pichets d'eau et des bols de baies. Caleb prit la parole.

« Avant de manger, nous devons exprimer notre gratitude. Tout d'abord aux nouveaux Chasseurs qui ont remporté les épreuves et sont donc devenus les protecteurs des autres garçons. Chaque repas étant une association d'âmes, nous remercions la terre pour les baies, Michael qui les a ramassées, le sanglier qui a donné sa vie pour que nous nous nourrissions de sa viande et ceux qui ont préparé ce dîner avec soin. » Caleb leva un pichet. Ses yeux plongèrent dans les miens. « Et nous remercions nos deux nouvelles amies, en particulier notre enseignante qui se consacre corps et âme à ses leçons et ne ménage pas ses encouragements. »

Il me fallut un moment, et la soudaine pression des doigts d'Arden sur mon bras, pour que je comprenne qu'il parlait de moi. Ma gorge se serra. *Il avait remarqué.*

« À Arden et à Ève ! » s'exclama Leif en levant un pichet. Il garda ses yeux sombres baissés, il ne nous jeta pas un regard. Les autres garçons se tournèrent vers nous, certains avec un hochement de tête, d'autres avec un sourire, et burent une grande gorgée du pichet à tour de rôle. Puis la joie reprit ses droits et les garçons se ruèrent sur la nourriture.

Une fois que les nouveaux Chasseurs furent rassasiés, Leif reprit la parole. « Ce soir, c'est la pleine lune, dit-il en pointant l'astre du doigt. Et les troupes ont quitté l'avant-poste sud. Ce qui signifie que ce soir…

— Razzia ! hurla Michael. On se sert dans leurs réserves ! »

Silas se mit à scander. « Des bonbons ! Des bonbons !

— Oui. » Leif acquiesça en souriant. Ses longs cheveux noirs bouclés tombaient sur ses épaules. « C'est le moment idéal pour une razzia. On se retrouve ici dans une heure. »

Le groupe se mit en route vers l'abri en emportant les restes du festin. Je sentis un bras entourer mes épaules. « Puis-je ? » demanda Caleb.

Je frissonnai. Pouvait-il deviner mes sensations ? Savait-il qu'il faisait partie de mes rêves ? Qu'il me manquait même lorsque je dormais ?

« Oui. » Je ne parvins pas à dire autre chose. « Oui. »

CHAPITRE 18

« Je t'ai vue faire un câlin à Caleb. » Arden était déjà dans notre caverne, assise en tailleur sur le matelas, un manteau sur le dos. Avec sa lampe de poche, elle éclaira son visage puis le mien.

Sans lui répondre, j'enfilai un pull. Il faisait nuit, l'air était frais et j'ignorais à quelle distance se trouvait l'avant-poste.

« La directrice Burns n'approuverait pas », insista-t-elle.

Je me protégeai du rayon de lumière avec le bras. « Oh, arrête.

— Alors ça ! » Arden se mit à rire. « Je suis malade une semaine et toi tu en profites pour tomber… » Elle mit sa main sur sa bouche. Je pensai qu'elle allait tousser mais elle resta silencieuse.

« Quoi, Arden ? »

Elle fit un signe de tête en direction de l'encadrement de la porte où se tenait Caleb, vêtu d'un épais manteau marron et d'un bonnet de laine.

« Tu tombes dans cette routine, à donner des

cours... » Arden fit de son mieux, mais même moi je n'étais pas convaincue. Elle se leva et contourna Caleb d'un air gêné. « On se retrouve devant le feu », dit-elle en disparaissant dans le couloir.

Je passai un autre pull. « On fait la route à cheval avec toi ? demandai-je d'un ton faussement détaché. Arden se sent bien mieux. La preuve, elle est redevenue désagréable. »

Caleb me prit par la main. Puis il baissa les yeux comme s'il contemplait mes doigts fins entremêlés avec les siens. « Leif a dit que les troupes ont quitté l'avant-poste... C'est parce qu'elles se dirigent vers le nord, vers la route.

— C'est à cause de moi, n'est-ce pas ? » dis-je avant que Caleb ne poursuive. Son silence confirma ce que je savais déjà. « Les militaires ont changé de direction à cause de moi. » Je fermai les yeux, mais je ne voyais que les phares de leurs jeeps sur la route. Ils traquaient la fille de l'avis de recherche.

Caleb se pencha sur moi. Il avait nettoyé les lignes dessinées au charbon sur son visage. Il sentait le feu de bois. « Cela pourrait être dangereux pour toi de participer à la razzia. C'est peut-être trop risqué. » Ses doigts serrèrent les miens.

J'avais tout le temps peur. Même dans cet abri souterrain, dès que j'entendais un bruit en surface, mon cœur s'emballait. Je n'avais alors qu'une seule idée : me recroqueviller sur le matelas et rester là pour toujours. Mais les militaires ne cesseraient jamais de me poursuivre. Chaque fois que l'on apercevait la lumière d'une lampe torche au bord du lac ou que l'on entendait un bruit de moteur, c'étaient eux.

J'avais passé toute ma vie entre les murs protecteurs de l'École. Ne pouvais-je même pas m'autoriser une nuit dehors ?

« Et si je veux quand même venir ?

— Alors tu viens. Mais je voulais que tu mesures le danger.

— Il y a toujours un danger. » Ses yeux verts plongèrent dans les miens.

Dans la Zone, il n'y avait qu'un but : atteindre Califia. Mais, dans l'abri, le soir, une fois Arden endormie, j'imaginais rester ici. J'avais besoin de plus de temps avec Caleb. Avec les plus jeunes. Quelques semaines, quelques mois ne me paraissaient pas suffisants. Je voulais plus. Et si cela marchait entre nous ? Que se passerait-il ?

Nous pourrions peut-être vivre ensemble. Au moins jusqu'à ce que Moss ait rassemblé suffisamment de rebelles pour combattre les troupes du roi. Au moins jusqu'à ce que je libère Pip. Ce serait dangereux, il nous faudrait vivre cachés. Caleb et moi pourrions construire une vie à deux.

« Reste près de moi et, s'il arrive quelque chose, on se sépare du groupe. » Son regard se promena sur mes lèvres. Je sentis son souffle chaud contre mon oreille, ses yeux verts fixés sur moi. Ce fut plus fort que moi : je posai mes lèvres sur les siennes. Une onde de chaleur envahit mon corps.

Je pris soudain conscience de ce que je venais de

faire. Je reculai et lâchai sa main. « Je suis désolée, je… » Mais il m'attira à lui. Je mis mon front contre sa joue. Ses doigts caressèrent mes cheveux et ma nuque.

« Ne sois pas désolée », dit-il. J'étais dans ses bras. Je l'enlaçai à mon tour. Nous restâmes immobiles jusqu'à ce que les garçons nous appellent pour partir.

Chapitre 19

J'étais détendue, blottie contre le dos de Caleb, Arden agrippée à mes épaules. Nous traversions les bois à cheval, les arbres se détachaient sur le ciel étoilé. Avant de partir, Arden avait remarqué mes joues roses, la façon dont je touchais mes lèvres, mes yeux dans le vague. Elle avait ri lorsque je m'étais empressée de monter à cheval entre eux deux. À l'évidence, ma relation avec Caleb avait changé. Mais je préférais la garder secrète, la choyer un peu plus longtemps.

Leif menait la troupe vers l'avant-poste sud entre les rochers et les branches d'arbres cassées. Les sabots des chevaux martelaient le sol en rythme. Après avoir longé la rive du lac, Caleb murmura : « Ce n'est plus très loin. »

Soudain, un coup de feu retendit et résonna dans les montagnes. Arden resserra son étreinte. Leif entraîna son cheval sur un chemin envahi par les herbes sauvages. Les six autres chevaux transportant les garçons les plus âgés et les quatre nouveaux Chasseurs firent de même. Silas, Benny et les plus jeunes étaient restés à l'abri. Ils s'étaient endormis en rêvant aux bonbons qu'ils découvriraient à leur réveil.

Leif regarda autour de lui. « L'avant-poste se trouve à cent mètres d'ici, chuchota-t-il. Quoi qu'il arrive, ne faites pas usage de la force.

— Quoi qu'il arrive ? répétai-je à Caleb. Qu'est-ce que ça veut dire ?

— Simple précaution », répondit-il. Appuyée contre son dos, je sentais les battements de son cœur. « Tuer un soldat de la Nouvelle Amérique, même en situation de légitime défense, est un crime puni de la peine de mort. Il y a un an, un incident a eu lieu dans un autre avant-poste. En représailles, le roi a fait exécuter un orphelin qui s'était échappé. » Je frémis en imaginant un jeune garçon seul face aux troupes de roi.

Nous laissâmes les chevaux dans une clairière. Caleb me prit par la main. La même onde de chaleur m'envahit. *Je vais bien, nous allons bien, tout va bien.* À force de répéter cette phrase, je me calmai. Derrière les arbres, j'entraperçus la façade d'une maison. Les fenêtres étaient barricadées avec de la tôle ondulée et la porte en métal était cadenassée. Leif fit le tour du bâtiment. « Rien à signaler. » Il adressa un signe de tête à Caleb.

Les garçons se répartirent autour de la maison. Michael tenta de forcer une fenêtre avec son couteau, Kevin s'attaqua au cadenas, sans parvenir à le faire bouger.

« Laisse-moi essayer », dit Arden.

Kevin la regarda s'affairer, un petit rictus aux lèvres. Elle l'ouvrit en deux temps trois mouvements.

« Et voilà ! » dit-elle en poussant la porte de l'entrepôt. Les garçons étouffèrent un cri de joie. Aaron et Charlie se battirent pour entrer le premier. Même Leif sourit en nous voyant nous ruer à l'intérieur. Il mit le générateur en route et les lumières s'allumèrent les unes après les autres.

« Comment as-tu fait ça ? demandai-je à Arden, bluffée.

— C'est un truc que j'ai appris à l'École », répondit-elle d'un air malicieux.

Nous inspectâmes l'étage principal transformé en entrepôt. Le moindre espace libre était rempli d'aliments que je n'avais jamais vus : bocaux d'ananas, de mangues, de la viande sous une forme étrange appelée pâté. Les murs du salon étaient tapissés d'étagères remplies de bouteilles d'eau en plastique.

Michael éventra un carton et en sortit des sachets multicolores. « Muuummm, s'exclama-t-il en fourrant dans sa bouche des dragées colorées. Des Smarties.

— Faites des réserves », ordonna Caleb. Il avait escaladé les étagères et descendu une caisse de bâtonnets de viande séchée sous plastique. Aaron en mit une poignée dans ses poches.

Nous nous empiffrâmes pendant une heure. Chaque carton, chaque sachet, chaque boîte contenait son lot de surprises. Leif distribua des paquets de Michoko, des chocolats qui collent aux dents. Michael ouvrit des canettes de bière (une boisson dont je n'avais entendu parler que dans les livres) et les fit passer. La voix du professeur Agnès résonnait dans ma tête : *L'alcool a été créé pour affaiblir les femmes.* J'en bus tout de même une gorgée.

*
* *

« Il n'arrête pas de te regarder », me chuchota Arden. Des canettes de soda, des bretzels et des pêches au sirop étaient éparpillées autour de nous. « Je n'ai jamais cru un mot de ce que nous racontait le professeur Agnès, reprit-elle. Mais peut-être avait-elle raison. Il a un regard un peu fou. Comme s'il voulait dévorer ton âme. »

Je levai les yeux. Caleb me fixait de l'autre bout de la pièce.

« Enfin, Arden, dis-je, gênée. Tais-toi. » Mais le souvenir de ses lèvres sur mon front et de mes bras autour de son torse me submergea.

« Tu peux protester autant que tu veux, il n'empêche que c'est vrai. Qu'est-ce que tu lui as fait dans la chambre ? Je ne suis sortie qu'une minute ! » Elle me pinça. J'éclatai de rire.

« Venez voir ce que j'ai trouvé. » Charlie nous appelait de l'ancienne salle à manger. Tel un magicien, il tira un tissu poussiéreux et découvrit un vieux piano. Il joua quelques notes sur les touches jaunies.

Je fermai les yeux et m'assis le dos au mur. Les

accords vibraient dans la maison et me rappelaient les étés à l'École, lorsque Pip et moi prenions des leçons de piano avec le professeur Sheila. Installée sur la banquette de velours, je jouais « Amazing Grace » pendant que Pip faisait des pirouettes et des arabesques derrière moi.

Je me tournai vers Arden. Elle regardait dans le vide.

« Qu'est-ce que tu as ?

— Ève, j'ai un aveu à te faire… » Elle se frotta le front. « Toutes ces histoires que j'ai racontées à l'École sur mes parents qui m'emmenaient au théâtre, les dîners de Noël et leur appartement dans la Cité…, chuchota-t-elle. J'ai tout inventé. »

Je me redressai. « Comment ça, tout inventé ? »

Elle fixait ses pieds. Des mèches de cheveux noirs tombèrent devant son visage. « En un sens, c'était vrai. À l'école, j'étais différente des autres, ajouta-t-elle en mordillant ses lèvres gercées. J'étais orpheline avant la peste. Je n'ai jamais eu de parents. »

Elle leva les yeux et guetta ma réaction.

« Alors les servantes qui préparaient tes vêtements le matin, le médaillon en argent que ta mère avait promis de t'offrir à la fin de tes études, la maison avec l'étang et la baignoire aux pieds dorés… Ce n'était que des mensonges ? »

Arden acquiesça. La perplexité céda la place à la colère. J'avais passé tant de nuits à pleurer en rêvant d'être comme elle. J'aurais tant aimé que *ma* mère m'attende dans la Cité.

« Comment as-tu osé ? » m'écriai-je.

Arden se tourna vers la fenêtre et scruta son reflet. « Je ne sais pas...

— Nous étions toutes jalouses de toi et tu...

— Je sais ! hurla-t-elle. Mais vous parliez toutes de vos parents et de vos familles. Je ne savais même pas ce que c'était. J'avais un grand-père mais il était plus gentil avec son berger allemand qu'avec moi. Quand il est mort, j'ai été soulagée. »

Je revis la petite Arden âgée de 8 ans, narrant par le menu à qui voulait l'entendre sa vie dorée avec ses parents. Elle avait l'air si pleine de vie, si enjouée.

« Je suis désolée, parvint-elle à dire. Je suis sincèrement désolée. »

Une partie de moi voulait se lever et partir, mais la tristesse de son regard, la sincérité de ses excuses me touchèrent. Moi, au moins, je possédais des souvenirs ; ma mère m'avait hissée pour accrocher l'étoile en haut du sapin, nous avions peint avec nos doigts. Contrairement à celles d'Arden, mes histoires étaient authentiques. « Moi aussi, je suis désolée », dis-je, toujours incapable de la regarder.

Nous restâmes assises en silence, épaule contre épaule, à observer les garçons s'amuser. « En fait, ce que j'essaie de dire, bredouilla finalement Arden, c'est merci.

— De quoi ? demandai-je d'une voix étranglée.

— De m'avoir sauvé la vie. » Arden me regarda. « Personne n'a jamais été aussi... *gentil* avec moi. » Des larmes coulaient sur ses joues.

Je posai la main sur son dos pour la calmer. C'était la première fois que je la voyais bouleversée. Elle était censée être celle qui ne pleure pas. Celle qui tue les lapins. Qui ne se plaint jamais, même malade.

« Ce n'est rien, chuchotai-je en lui caressant les cheveux. Tu n'as pas à me remercier. Tu aurais fait la même chose pour moi. »

Arden secoua la tête, comme si elle n'en était pas si sûre. « Parfois, je ne savais plus où j'étais. Je me souviens que tu me coiffais, que tu me lavais le visage et… » Elle éclata en sanglots.

Je la pris dans mes bras. « Ce n'est rien. Vraiment. » Sa poitrine fut prise de soubresauts. Je m'aperçus alors qu'elle versait toutes les larmes de son corps. Elles transpercèrent mon pull de laine et ruisselèrent sur mes épaules. « Ce n'est rien, répétai-je.

— Je sais. » Arden renifla. Elle s'écarta en évitant mon regard et sécha ses yeux. « Je sais. »

Quand j'étais à l'École, j'avais toujours eu Pip et Ruby à mes côtés. Mais en plusieurs jours dans la Zone, j'avais appris l'étrange art de la solitude.

Arden l'avait apprivoisée depuis bien longtemps. À l'École et en dehors. Depuis bien trop longtemps.

Je posai la main sur son épaule. J'avais tort. Ce n'était pas rien. Pour Arden, c'était très important.

CHAPITRE 20

Caleb était assis au piano. « Venez. Arrêtez de faire les… *filles.* » Il m'adressa un sourire complice, ses yeux brillaient.

Berkus, l'un des plus âgés, jouait « Oh When the Saints » en agitant ses cheveux blonds. Michael et Aaron battaient la mesure avec leurs doigts et leur tête. Même Leif avait l'air moins renfrogné. Appuyé contre le piano, il buvait sa bière d'un air heureux.

Je secouai Arden. « Tu te souviens de la valse viennoise ? »

Pendant la plupart des cours, Arden faisait des gribouillis incompréhensibles dans les marges de ses cahiers. Mais en cours de danse, chaque fille avait une partenaire. Menton levé, épaules droites, nous virevoltions sur la pelouse.

Arden ne parvenait pas à décrocher un sourire mais elle me laissa l'entraîner vers le piano. Berkus reprit la chanson. Je mis mes bras en position et je fis signe à Arden de placer sa main dans la mienne. Caleb nous regarda d'un air étonné. Les garçons s'écartèrent pour nous laisser tournoyer.

Arden riait. Elle s'abandonna à la danse. À un moment, je la pris dans mes bras et la renversai vers le sol. Les garçons applaudirent et sifflèrent. Alors que je la guidais vers l'autre bout de la pièce, son visage redevint sérieux. « À propos de tout à l'heure... » Elle jeta un coup d'œil par-dessus son épaule. Kevin faisait des pirouettes, une bière à la main. « Je crois que je ne suis pas complètement dans mon assiette. Ça doit être un effet secondaire de...

— Je sais. Ne t'inquiète pas. » Elle me sourit.

Notre danse se termina sous les applaudissements. Caleb traversa la pièce avec majesté et me tendit la main.

« M'accordez-vous cette danse ?

— J'hésite... », répondis-je en esquissant un sourire.

Caleb m'attira fermement vers lui. Les garçons rirent. Aaron siffla dans ses doigts.

« Bon, j'accepte. »

Je posai le menton sur son épaule. Berkus entonna un air plus lent. Je sentais sa main au creux de mes reins, son souffle sur ma nuque. Il n'était pas mauvais danseur, mais je n'avais pas l'habitude me laisser guider.

« Contente d'être venue ? » chuchota-t-il.

Les garçons nous fixèrent pendant un moment jusqu'à ce qu'ils comprennent que notre danse ne serait pas aussi spectaculaire que celle qu'Arden et moi avions exécutée.

« Très contente. »

Berkus abandonna le piano et sortit sous le porche. Arden et quelques autres le suivirent et se dirigèrent vers une piscine de fortune.

« Moi aussi, je suis content que tu sois venue. » Caleb me serra plus fort contre lui. Mes paupières se fermèrent, la pièce disparut. Seule existait la chaleur de son torse. Ce serait si simple de rester ici. J'imaginai notre vie. Arden et moi prendrions soin de Benny et Silas et apprendrions à lire aux autres. Ainsi, ils pourraient s'organiser, envoyer des messages aux orphelins évadés et établir un plan d'action avec Moss.

Quant à Caleb et moi... Je ne voulais qu'une seule chose : que des moments comme celui-ci se répètent.

« J'ai réfléchi... », dis-je en relevant la tête.

Dehors, Michael hurla « Bombe !!! » et sauta dans l'eau. Il essuya une sorte de bouillie verte de son visage en s'approchant de l'échelle rouillée. « Venez, la vase est chaude ! »

Caleb rit et se tourna vers moi. « Tu as réfléchi ?

— Califia, dis-je d'une voix soudain nerveuse. Pourquoi risquer nos vies à y aller quand Arden et moi pourrions vivre ici, dans l'abri. Nous sommes en sécurité ici. Elle pourrait m'aider à apprendre à lire aux garçons et... » Je fixai ses yeux verts. « Nous serions ensemble et... »

Le visage de Caleb s'assombrit. Il fit un pas en arrière et relâcha son étreinte. « Ève... »

Peut-être avait-il mal compris. Je m'éclaircis la gorge. « Je veux rester. Je veux vivre au campement avec toi. »

Il se frotta la tête et souffla. « Je ne pense pas que ce soit une bonne idée. » Il parlait à voix basse et surveillait les garçons du coin de l'œil. « Les troupes du roi sont toujours à ta recherche. Si elles nous trouvent… les garçons seront punis. Et tu ne seras jamais complètement en sécurité. »

Je me détournai. Chacun de ses mots me faisait l'effet d'un coup de poignard dans le cœur.

Il ne voulait pas que je reste.

Évidemment. Je fermai les yeux et vis le professeur Agnès. Elle regardait par la fenêtre, les larmes coulaient sur ses rides comme si son mari venait de la quitter. *Quelle idiote j'ai été. Il n'a jamais voulu de moi.*

Caleb voulut me prendre par le bras ; je le repoussai. « Ne me touche pas », dis-je en m'éloignant.

C'était un homme, il l'avait toujours été, avec ses défauts et ses tricheries. Je l'avais laissé me prendre dans ses bras, m'embrasser… J'avais été une idiote.

« J'ai très bien compris. Tout cela n'était qu'un jeu pour toi, n'est-ce pas ? »

Il était blême. « Non, tu ne m'écoutes pas. J'aimerais que tu restes, mais ce n'est pas possible. Tu n'es pas en sécurité. » Il s'approcha à nouveau, mais j'évitai sa main. *On veut croire à leurs boniments*, avait dit le professeur Agnès. *La faute revient à celui qui y croit.*

« Laisse-moi, je te dis ! » m'écriai-je en pleurant lorsqu'il tenta de me prendre par la main. Ma voix résonna dans l'entrepôt vide. Assis sur le rebord de la fenêtre, Charlie se retourna. Les garçons sous le porche se penchèrent à l'intérieur.

Caleb se frotta le front. « On en parlera plus tard, une fois rentrés à l'abri. Je tiens à toi mais...

— Tu ne penses qu'à toi », l'interrompis-je d'un ton sec.

Lentement, il enjamba la fenêtre et rejoignit les autres. Tout le monde chuchota avant de retourner jouer dans la piscine.

Sans lui, la pièce me sembla plus grande, l'air plus froid. Je m'assis au piano et, les yeux mi-clos, j'entamai la *Sonate au clair de lune* de Beethoven. Au début du deuxième mouvement, je m'effondrai en larmes.

« Qu'est-ce qui s'est passé ? » demanda une voix derrière moi. Leif descendait l'escalier. Avant que j'aie eu le temps de répondre, il était assis sur la banquette à côté de moi.

« Rien », dis-je rapidement. Je désignai l'étage au-dessus. « Qu'est-ce que tu faisais là-haut ? »

Leif écrasa une canette de bière. « Je jetais juste un coup d'œil. »

Au campement, je m'étais habituée à sa présence. Mais, à cet instant, discuter avec un homme était la dernière chose dont j'avais envie. Je repris mon air au piano en essayant de l'ignorer mais il sortit une feuille de papier et la plaça devant la partition.

Mes doigts se figèrent sur le clavier.

« Où as-tu trouvé ça ? » demandai-je en saisissant la feuille.

AUX DERNIÈRES NOUVELLES, ÈVE A ÉTÉ VUE SE DIRIGEANT AU NORD-OUEST VERS LE SECTEUR DU LAC TAHOE. ELLE VOYAGE À CHEVAL AVEC UNE AUTRE FILLE ET UN GARÇON DE 17-20 ANS. SI VOUS LA VOYEZ, CONTACTEZ L'AVANT-POSTE NORD-OUEST. ELLE DOIT ÊTRE LIVRÉE AU ROI.

« Je peux t'expliquer, je...

— Pas la peine. » Leif s'appuya sur le piano et prit une gorgée de bière. Ses yeux noirs croisèrent les miens. « Moi aussi, je suis un fugitif. Je suis sûr que le roi voudrait que je retourne dans son camp et que je porte des blocs de ciment sur mon dos comme un âne. »

Je déchirai la feuille. Je ne savais pas si je devais le remercier ou m'excuser. Je m'étais installée dans son campement et je les avais tous mis en danger. « Nous allons bientôt reprendre la route pour Califia. »

Leif me jaugea. « Je n'aurais jamais imaginé que toi, tu puisses être recherchée par le roi. Qu'est-ce que tu as fait ? Tué un garde ? Pris un professeur en otage ? Il ne te traquerait pas si tu t'étais simplement échappée. » À présent, il arborait un sourire espiègle. Cette nouvelle semblait me rendre plus intéressante à ses yeux.

« Je préfère ne pas en parler. » La simple évocation du visage du roi me donnait la nausée.

Il appuya sur les touches et fit résonner les notes. « Je suis au courant des horreurs qu'ils font. Je le sais peut-être mieux que personne. C'est une torture de vivre sous terre comme des taupes en sachant le faste qui règne dans la Cité des Sables. Tu ne peux pas imaginer les camps. » Il cessa de jouer et fixa l'horloge accrochée au-dessus du piano. « J'avais un frère, Asher...

— Je sais », dis-je doucement. Les bruits du monde extérieur nous parvenaient. Les garçons jouaient à chat perché dans les bois. « Caleb m'a dit... »

Leif promena ses doigts sur le clavier. « Asher. Cela fait bien longtemps que je n'ai pas prononcé ce nom. Notre mère nous jouait des airs au piano... » Il tripotait la languette de sa canette.

« Il t'arrive de penser à la vie d'avant la peste ? »

Ma gorge se noua quand je me remémorai la façon dont je tenais la main de ma mère, dont elle embrassait la plante de mes pieds, des heures passées cachée dans son placard au milieu de ses vêtements qui portaient son odeur.

« Oui, dis-je. Parfois. » *Tout le temps*, pensai-je, *tout le temps.*

Leif pinça les lèvres, comme s'il repensait à ce qu'il venait de dire. Ses doigts se promenaient sur le clavier. Il chantonnait. Après quelques notes, je reconnus une mélodie familière. « Tu connais cette chanson ? me demanda-t-il.

— "Yesterday" des Beatles. Je l'ai apprise à l'École.

— C'est la chanson qu'elle jouait toujours. » Il sourit au mur, mais, à l'évidence, il voyait tout autre chose.

Une vague de mélancolie me submergea. Je revoyais Caleb sortir du lac, notre baiser dans la chambre, notre danse. À présent, j'envisageais tout sous un jour différent. Je ne serais pas avec lui. Ni dans l'abri ni ailleurs. Arden et moi partirions bientôt, peut-être demain.

Qu'en ai-je retiré ? avait demandé le professeur Agnès. *À quoi bon tout cela ?*

CHAPITRE 21

L'entrepôt était silencieux. Nous y bivouaquâmes pour la nuit, les garçons effondrés de fatigue au rez-de-chaussée, Arden dans la pièce d'à côté.

Installée au premier étage, je me tournais et me retournais dans mon lit constitué de vieux coussins. Je ne cessais de penser à Caleb, à notre conversation, à la façon dont il était parti. Quand j'avais quitté Leif, il m'avait pris la main pour me remercier. Ensuite, j'avais retrouvé Arden près de la piscine. Les garçons s'étaient calmés. Caleb m'avait regardée de loin sans un mot.

Les heures défilaient. Avais-je eu tort ? J'avais réagi instinctivement. Il se souciait de ma sécurité, il avait dit qu'il tenait à moi. Je l'avais repoussé en m'énervant. Que se serait-il passé s'il avait continué à parler ? Je rejouais la scène dans ma tête lorsque la porte s'ouvrit. Une silhouette apparut derrière les étagères.

« Ève ?

— Caleb ? » demandai-je en m'asseyant.

Il trébucha et fit tomber quelques boîtes au passage. Il se faufila et s'agenouilla au bord de mon lit.

« À propos de tout à l'heure... », dis-je. Il resta silencieux et prit ma main. Une seconde plus tard, ses lèvres étaient contre les miennes. Il n'y avait en lui aucune douceur. Au contraire, il était très pressant. Il me força à m'allonger. J'ouvris alors les yeux. Je distinguais à peine son visage à la clarté de la lune. Ses mains sur ma peau étaient rugueuses. Tout me semblait étrange, horrible... *dégoûtant.*

Je tentai de calmer ses ardeurs. En levant les mains, je sentis soudain un chignon à la base de sa nuque. « Non ! hurlai-je en détournant le visage. Non ! » Mais Leif ne s'arrêta pas pour autant et s'allongea par terre à côté de moi. Le plancher grinçait sous son poids.

Ses lèvres recouvraient les miennes. Sa langue avait un goût âcre et alcoolisé. Ses mains se promenaient sur mes épaules et mes bras. Je voulais crier, mais sa bouche écrasait la mienne.

Je me débattis, lui donnai des coups de poing, lui frappai le torse... Il me serra plus fort contre lui et continua à m'embrasser. Mon menton dégoulinait de bave. J'essayai de m'échapper, mais quoi que je fasse, son souffle chaud et pestilentiel se baladait sur ma peau.

On m'avait volé tant de choses : ma mère, la maison où j'avais fait mes premiers pas et mes toiles empilées contre le mur de la classe. Mais ce vol-là était le plus douloureux. *Non*, semblait-il dire en me tripotant, *même ton corps ne t'appartient pas.*

Des larmes ruisselaient sur mes joues et emplissaient mes oreilles. Il m'embrassait dans le cou. Ses mains étaient partout. J'avais l'impression de me noyer. La peur m'envahit. Un seul choix s'offrait à moi : me laisser faire. Ma poitrine était écrasée, mes pieds restaient inertes. La panique m'étouffait.

Presque inconsciente, j'entendis des murmures. « Qu'est-ce qui se passe ? demanda quelqu'un. Elle a hurlé. » Le rayon d'une lampe torche éclaira d'abord mes jambes, puis mon visage mouillé et finalement Leif, les yeux à moitié fermés, complètement hébété.

« Espèce de monstre », hurla Caleb. Il prit Leif sous les bras et le traîna derrière une étagère.

Aaron et Michael apparurent dans l'encadrement de la porte avec leurs lampes allumées. Leif se débattit. Il se rua sur Caleb et le projeta contre le mur.

« Ça suffit, Leif ! » cria Caleb, mais Leif le frappa en pleine mâchoire. J'étais recroquevillée dans un coin de la pièce, prise au piège.

Leif titubait, ivre. « Allez, tu as toujours voulu commander, marmonna-t-il. Alors sois le chef, Caleb. Fais voir un peu. »

Le vacarme avait réveillé tous les garçons. Agglutinés sur le seuil de la porte, ils se tordaient le cou pour ne pas rater une miette du spectacle.

Leif tournait autour de Caleb. Celui qui s'était assis au piano avec moi avait disparu, quelque chose de primaire et terrifiant avait pris possession de lui.

« Allez, hurla-t-il à Caleb. Montre-nous que tu es un homme. »

Caleb se précipita sur lui et, d'un geste rapide, lui tordit le bras et le jeta par terre. Leif heurta le sol dans un horrible boum. Même dans l'obscurité, je vis que sa lèvre était fendue.

« Elle voulait être avec moi. » Il cracha du sang. « Pourquoi crois-tu qu'elle s'est assise à côté de moi, qu'elle m'a parlé ? Elle avait envie de moi. Pas de toi, de *moi*. » Sa voix était teintée de colère. Je m'éloignai. Même mis en respect, il me faisait encore peur.

Caleb se tourna vers moi, l'air perdu. « C'est vrai ? »

Mes mains se mirent à trembler de manière incontrôlable et mes larmes se firent plus abondantes. Ce que Leif avait fait était mal. Et pourtant… Je m'étais assise à côté de lui, j'avais joué du piano pour lui. Son épaule avait effleuré la mienne pendant qu'il parlait de sa famille. Je l'avais laissé me tenir la main. L'avais-je encouragé sans m'en rendre compte ?

« Je ne sais pas, dis-je en couvrant ma bouche de mes doigts.

— Tu ne sais pas ? » demanda Caleb. Il tordit encore plus le bras de Leif et me scruta ; il n'y avait plus aucune douceur dans son regard.

Il attendait ma réponse. Je ne pus que pleurer.

« Ève ! Qu'est-ce qu'il s'est passé ? Tu vas bien ? » Arden bouscula les garçons et accourut vers moi. Elle me releva et remarqua mon sweat déchiré. « J'ai entendu du bruit et… » Elle s'interrompit en voyant Caleb. Il fit discrètement non de la tête.

Il se releva, laissa Leif par terre, poussa Michael et Aaron et descendit l'escalier sans se retourner.

« Caleb ! » hurlai-je. Les garçons s'écartèrent pour me laisser passer mais le temps que j'atteigne le bas des marches, il avait disparu. Le reste de l'entrepôt était plongé dans le noir. Je cherchai l'entrée à tâtons en l'appelant.

Par la porte ouverte, j'aperçus les bois. Dans la clairière, Caleb venait de monter sur son cheval.

« Ne pars pas, je t'en prie ! » hurlai-je. Mais il était trop tard, il s'éloignait déjà au galop.

Je le regardai partir. Je ne remarquai même pas qu'Arden m'avait rejointe. Je n'entendis pas Kevin et Michael lui crier de revenir des fenêtres du premier étage.

Alors qu'il se fondait dans la nuit, je fus accablée par un terrible sentiment de tristesse.

CHAPITRE 22

« On devrait partir, chuchota Arden, assise dans la caverne qui nous tenait lieu de chambre. Reprendre la route de Califia. Nous ne sommes plus en sécurité ici. »

Nous avions quitté l'entrepôt avant l'aube, les chevaux chargés de sacs de bonbons, de couvertures, de lait concentré sucré et de barils d'essence. Pendant tout le trajet, je m'étais sentie menacée par Leif. Je tremblais en repensant à ses lèvres contre les miennes et à son haleine alcoolisée. Je ne cessais de voir son visage dans la lumière de la lampe torche, ses yeux fermés, son corps lourd comme une enclume m'écrasant sous son poids.

Dans l'abri, la chambre de Caleb était intacte. « On ne peut pas partir maintenant », dis-je en m'adossant contre le mur. Une partie de moi désirait toujours vivre ici. « Pas tant que Caleb ne sera pas revenu. »

Arden tortillait ses cheveux noirs. « Je n'aime pas la façon dont Leif nous regarde. » Ses yeux étaient cernés. La veille, elle avait barricadé la porte avec une étagère et monté la garde jusqu'à ce que je m'endorme.

« Je ne peux pas partir comme ça. » Je pensais sans cesse au moment où j'avais repoussé Caleb. J'aurais tellement aimé ne pas avoir prononcé ces quatre mots fatidiques : *Je ne sais pas.*

En fait, je savais très bien. Mais je n'arrivais pas à expliquer les sentiments les plus sombres qui s'étaient alors brusquement emparés de moi.

À présent, dans l'abri avec Arden, j'étais certaine d'une chose : « Je n'avais pas envie de Leif. »

Le visage d'Arden s'adoucit. Elle me serra si fort dans ses bras que tout sentiment de culpabilité s'évanouit. « Évidemment. Je n'en ai jamais douté.

— Je ne supporte pas l'idée que Caleb pense..., dis-je, la tête blottie contre son épaule.

— Je sais », dit Arden.

J'essuyai mes larmes. J'avais hâte de voir Caleb pour lui dire ce que je ressentais. Que ses paroles m'avaient blessée. Que je lui étais reconnaissante de tout ce qu'il avait fait. Que j'avais eu peur. Que je ne désirais pas Leif.

Malgré moi, malgré les heures de cours sur les Dangers des Garçons et des Hommes, j'avais des sentiments pour lui. Rien que pour lui.

Soudain, la pièce se mit à vibrer. « Que se passe-t-il ?

— Un tremblement de terre ! hurla Silas en passant en trombe devant notre porte, Benny cramponné à sa main. Sortez ! Sortez ! »

Les garçons les plus jeunes fonçaient dans les tunnels.

« Un tremblement de terre ? répétai-je en posant la main contre le mur. C'est impossible. » Nous en avions eu quelques-uns à l'École, les secousses nous réveillaient parfois en pleine nuit. Ces vibrations-là n'étaient pas aussi fortes.

« Mieux vaut sortir », dit Arden en me tirant par le bras.

Nous suivîmes les plus jeunes jusqu'à la clairière à flanc de colline. Là, se trouvait un énorme camion, dont les roues faisaient plus d'un mètre de hauteur. Son moteur produisait un grondement assourdissant.

« Cool », dit Silas. Au soleil, sa peau paraissait encore plus pâle. Il se boucha les oreilles avec les doigts.

Benny sourit et hurla : « C'est un gros camion ! »

Mais la peur grandit en moi à mesure que j'observais le chauffeur. Ce véhicule colossal couvert de boue et au pare-chocs avant défoncé ne ressemblait pas aux jeeps de l'École.

Attirés par le vacarme, les plus âgés étaient revenus de la chasse. Leif se trouvait parmi eux. Je fus soulagée lorsque Michael, Aaron et Kevin entourèrent le camion, lances au poing.

Finalement, le chauffeur coupa le moteur. « Baissez vos armes ! » ordonna Leif. L'un après l'autre, les garçons s'exécutèrent.

La portière s'ouvrit. Une énorme botte coquée sortit et se posa sur le gravier. Je reculai. L'homme mesurait plus d'un mètre quatre-vingt-dix, ses cheveux gras lui tombaient sur les épaules. Il portait un vieux blouson de cuir noir et transpirait à grosses gouttes. Son regard croisa le mien. Il m'adressa un sourire qui me glaça complètement. Ses dents jaunes étaient gâtées.

Silas se cramponna à ma jambe. « Qui c'est ? » demanda-t-il.

L'homme se dirigeait droit sur moi en pinçant ses lèvres sales. Les garçons les plus âgés le regardèrent traverser la clairière. Ils ne savaient pas quoi faire. Il s'arrêta face à moi.

« Salut, ma petite », murmura-t-il à mon oreille.

Je fis un pas en arrière mais il m'attrapa par le bras et me tira violemment vers lui. Il sentait la boue et la vieille sueur. J'eus envie de vomir.

Michael et Kevin coururent vers moi. Kevin menaça l'homme de sa lance. « Lâche-la ! » tonna-t-il.

Mais l'homme s'empara de la lance en regardant Leif. « C'est elle ? »

Leif affichait un visage placide. « Elle est recherchée par le roi », annonça-t-il en regardant les garçons. Il prenait sa revanche après l'humiliation de la nuit précédente. « C'est une fugitive. Elle nous a mis en danger pendant suffisamment longtemps. Fletcher va la livrer aux troupes.

— Non ! » hurla Arden en frappant l'homme. Je tentai de m'échapper, mais il me broyait le poignet avec sa grosse main. Il attrapa également le bras frêle d'Arden.

« Deux pour le prix d'une, ricana-t-il en nous traînant jusqu'au camion.

« Non, je ne veux pas qu'elle parte ! » Benny pleurait. « S'il te plaît, Leif.

— Tu ne peux pas le laisser faire, dit Michael à Leif.

— Arrêtez ! » s'époumonaient les nouveaux Chasseurs alors que Silas s'agrippait à mon sweat gris. Dans la panique, je ne vis que des flashes : le visage attristé de Benny, Kevin se précipitant vers moi, Aaron tombant dans la boue, Arden mordant la main de Fletcher. Soudain, je vis à l'arrière du camion une cage dans laquelle une fille chétive vociférait entre les barreaux.

Leif la vit au même moment que moi. L'expression de son visage changea. « Une seconde », marmonna-t-il. Il courut jusqu'au camion. « Qui est-ce ? Qu'est-ce que c'est que cette histoire ? »

Fletcher ne sourcilla pas. Il nous traînait par les poignets. Les rochers nous écorchaient les pieds. « Ça ne te regarde pas. Tu voulais qu'elle disparaisse, voilà. »

Mon estomac se retourna. Quel que soit l'accord que Leif avait passé avec lui, la situation lui échappait.

« Où sont les médicaments ? » Leif était rouge de colère. Michael et Aaron le suivirent, lance au poing, mais la brute sortit un pistolet de sa ceinture et tira en l'air.

« Maintenant, écoute-moi bien », grogna Fletcher. Il se racla la gorge et cracha par terre. « J'emporte le lot et je m'en vais. Et si on m'en empêche, je n'hésiterai pas à tirer, compris ? »

Arden hurla et donna des coups de poing à Fletcher. « Espèce d'animal ! Laissez-moi partir ! »

Arden continua à se débattre mais je savais qu'il n'y avait plus rien à faire. Les garçons regardaient leurs lances d'un air désabusé.

J'observai Silas et Benny en train de sangloter. Benny tirait Leif par la main, mais ce dernier avait le regard vide.

« Ce n'est rien ! criai-je à Benny et à Silas en m'obligeant à sourire malgré mon effroi. Tout va bien. Ne vous inquiétez pas pour moi. »

Fletcher ouvrit le cadenas et, en nous menaçant de son pistolet, nous fit signe de monter. La fille était recroquevillée dans un coin, ses bras maigres croisés sur ses jambes repliées. Elle se leva lorsque la cage s'ouvrit.

« Aidez-moi ! Aidez-moi ! » hurla-t-elle en tendant sa main à travers les barreaux vers Michael et Aaron.

Leurs yeux allèrent d'elle au pistolet. Ils firent un pas en avant ; Leif leur barra la route.

« C'est ta faute, Leif ! » Arden, la tête entre les barreaux, le pointa du doigt.

Fletcher claqua la portière du camion.

« Et nos médicaments ! » s'énerva Leif. Il frappa sur la portière. « C'était notre accord ! Je te faisais confiance ! »

« Bienvenue dans la Zone. » Fletcher avait son

pistolet à la main. « Ne fais confiance à personne, petit. » Il pouffa et démarra.

J'empoignai les barreaux de toutes mes forces dans l'espoir qu'ils cèdent. Le soleil brûlait ma peau, la cage était minuscule, une fine couverture posée dans un coin était souillée de vomi. Leif nous avait trahies. Caleb était parti. J'avais passé une bonne partie de la nuit à peser le pour et le contre : Que voulais-je ? Que voulait Caleb ? Ça n'avait plus d'importance. La décision avait été prise pour moi. Nous partions. Je donnai des coups de pied dans la porte et me cassai les ongles sur le cadenas. Je hurlai, pleurai, suppliai, en vain.

Le camion descendait la colline vers le lac. Au loin, les garçons les plus âgés tentaient de ramener Silas et Benny au campement. Aaron implorait Leif d'intervenir. Kevin jeta sa lance – elle atterrit à trois mètres du camion. Leif attrapa Benny par les épaules pour le calmer mais celui-ci s'échappa et courut à toute vitesse après le camion.

« Je t'aime ! » cria-t-il alors qu'il ne se trouvait qu'à quelques centimètres. J'étreignis les barreaux, la gorge nouée par l'émotion.

Silas était juste derrière lui. « Je t'aime ! » hoqueta-t-il.

Ils continuèrent à courir et à crier jusqu'à ce que le camion s'enfonce dans les bois et que leurs petits corps disparaissent derrière les arbres.

CHAPITRE 23

Le camion gravit laborieusement une côte escarpée et traversa des champs de mauvaises herbes jusqu'à ce que nous atteignions une route défoncée. Il roula alors plus rapidement. Sous la chaleur du soleil, les barreaux de la cage en métal devinrent brûlants.

Après une heure de route, je ne reconnaissais plus le paysage environnant, même le ciel me semblait différent.

« J'aurais parié », finit par dire Arden. Sa peau pâle était recouverte d'une fine couche de poussière. « Leif voulait nous vendre depuis longtemps et pour quoi ? Pour du matériel médical et une part de la récompense ?

— Il voulait que je disparaisse, dis-je. Je doute que le matériel ait une quelconque importance. »

Je me demandais comment il s'y était pris. Avait-il trouvé une radio dans l'entrepôt ? Était-il tombé dessus par hasard en cherchant un pansement ?

Je me demandais aussi à quel moment Caleb

apprendrait qu'on m'avait enlevée. Allais-je lui manquer ? Serait-il affecté ?

Bah, cela n'avait plus d'importance. Tout était fini. Il n'y avait aucun moyen d'échapper aux barreaux, au soleil brûlant, à cet homme aux dents gâtées. J'étais à nouveau prise au piège. On m'emmenait jusqu'au roi. Les portes de la Cité allaient s'ouvrir et se refermer derrière moi. Ce serait ma nouvelle cage.

De l'autre côté des barreaux, le monde défilait. Des arbres, des fleurs, des maisons en ruine, des biches, des lapins, des vélos cassés, des voitures rouillées, des chiens sauvages. *Je vais à la Cité des Sables*. Je me le répétai jusqu'à la nausée. *On m'emmène jusqu'au roi. Je ne reverrai plus jamais Caleb.*

Arden regardait l'horizon, les yeux mouillés. Elle avait si âprement lutté pour s'échapper de l'École. Elle était allée si loin. Et tout ça pour quoi ? Pour se faire attraper à cause de moi ? Elle regrettait sans doute le choix stupide qu'elle avait fait il y a quelques semaines.

« Je suis désolée, dis-je d'une voix étranglée. Je suis désolée, Arden. Tu dois te mordre les doigts de m'avoir laissée t'accompagner.

— Non. » Arden serra les barreaux. Le soleil avait déjà rosi sa peau diaphane. « Pas du tout, Ève. » Elle se tourna vers moi, ses yeux noisette baignés de larmes.

À cet instant, la fille recroquevillée dans le coin s'assit et se frotta les paupières. Après notre départ, elle était trop agitée pour nous parler. Au lieu de cela, elle s'était endormie.

« Vous êtes qui ? » demanda-t-elle. Elle grimaça lorsque sa peau toucha un barreau.

« Je m'appelle Ève et voici Arden. » Dans la cabine du camion, Fletcher augmenta le volume de la musique et une horrible chanson nous parvint. *« I love rock'n'roll-oll-oll-oll, put another dime in-in the jukebox, baby. »*

La fille nous tendit sa main maigrichonne. « Je m'appelle Lark.

— Tu viens de quelle École ? » demandai-je. J'avais remarqué son sweat. Il était bleu, mais il avait la même coupe que le nôtre.

« Je crois qu'elle se situe quelque part dans l'Ouest. » Elle passa les mains dans ses cheveux noirs. Elle devait avoir 13 ans. Elle était si maigre que ses clavicules saillaient. Sa peau bronzée pelait sur ses genoux et ses coudes. « Les professeurs l'appelaient 38° 35' N, 121° 30' W. »

Nos enseignantes utilisaient ce genre de chiffres pour faire référence à l'École, mais je n'avais jamais compris à quoi ils correspondaient exactement. Nous avions toujours été 39° 30' N, 119° 49' W.

« Tu t'es échappée ? demanda Arden.

— Il fallait que je parte. » La fille s'adossa dans un coin de la cage.

Je jetai un coup d'œil à Arden, soulagée que nous ne soyons pas les seules à connaître la vérité sur les Écoles. Les jambes de Lark étaient pleines d'écorchures, comme les miennes lors des premiers jours dans la Zone. Ses bras étaient parsemés de piqûres de moustiques et l'une de ses chaussures de toile était trouée.

« Comment es-tu arrivée ici ? demandai-je.

— Je me suis faufilée par un trou dans l'une des clôtures métalliques de l'École. Ensuite j'ai couru jusqu'à ce que je repère une maison où dormir. Je crois que c'était il y a quatre jours, mais je ne suis pas sûre.

— Où t'a-t-il trouvée ? » demanda Arden en désignant Fletcher. Son gros bras pendait par la vitre. Il chantait : *« So come and take your time and dance with-with me! »*

Lark croisa ses bras sur ses jambes repliées. « J'ai vu une cruche d'eau posée sur la route. J'avais marché toute la journée sous le soleil et j'avais très soif. C'était un piège. Il avait dû me suivre. »

Le camion roula sur un nid-de-poule. Nous fûmes ballottées en tous sens. « As-tu parlé à qui que ce soit de la reproduction forcée ? demandai-je. D'autres filles vont-elles tenter de s'échapper ? »

Lark leva les yeux, les sourcils froncés. « Quelle reproduction forcée ? De quoi tu parles ?

— Les inséminations, cria Arden afin que Lark l'entende malgré la musique et le bruit du moteur. C'est à cause de ça que tu es partie, parce qu'on allait t'utiliser comme pondeuse. »

Elle se redressa. « Non. Je suis partie à cause de ça. » Elle se tourna et nous montra des bleus en forme de marques de doigts sur son bras. « Elle attendait que les autres soient sorties pour me battre. Je voulais aller dans une autre École. Je ne veux plus jamais voir cette femme. »

Arden ouvrit la bouche pour tout dire à Lark mais je l'en empêchai. La sensibilité ne faisait pas partie de ses nombreuses qualités.

« Lark, dis-je doucement en la regardant droit dans les yeux, moi aussi j'étais dans l'une de ces Écoles. Aucune fille ne va faire d'études. Ici, on nous appelle les pondeuses. Nous sommes censées avoir autant d'enfants que possible pour repeupler la Cité des Sables.

— On nous emmène à la Cité, ajouta Arden. Ève va être livrée au roi et toi et moi allons être renvoyées dans ces Écoles. » Elle s'effondra.

« Non », dit Lark. Elle mordilla le bout de son doigt et cracha un petit morceau de peau. « Ce n'est pas possible.

— Je ne voulais pas y croire mais je les ai vues…

— Tu as mal vu », s'exclama Lark. Elle s'agenouilla. « Tu ne sais pas de quoi tu parles. La directrice est méchante mais ça… c'est impossible. » Elle secoua la tête. « C'était peut-être seulement dans votre École. Elle ne nous ferait pas ça… »

Arden se pencha et saisit le petit bras de Lark. « Écoute ce qu'on te dit. Il faut repeupler la Cité. Selon toi, comment le gouvernement va s'y prendre ?

— Lâche-moi ! s'exclama Lark. Vous êtes folles. » Mais, alors qu'elle retournait s'asseoir dans le coin, sa voix trahissait son doute.

« Libre à toi d'être une pondeuse jusqu'à la fin de tes jours, continua Arden. Mais moi, je ne retournerai pas dans ces Écoles. Je vais… » Elle était trop émue pour continuer.

Je sentis que quelqu'un nous observait. Je me retournai et surpris le regard de Fletcher dans le rétroviseur. Il baissa le volume de la musique et ouvrit la vitre de séparation.

« Ne t'inquiète pas, ma jolie, dit-il. Je ne vous ramène pas à l'École. » Il orienta le miroir de façon à voir les jambes d'Arden. « Je peux obtenir beaucoup plus ailleurs pour trois filles… si pures. »

Puis il remonta le volume de la musique en pianotant sur la portière. *« Come an' take-ake-ake your time-ime and dance with me! »*

Arden resta muette et tenta à nouveau d'ouvrir le cadenas en tapant dessus jusqu'à ce qu'elle ait trop mal aux mains.

« Qu'est-ce que ça veut dire ? » demanda Lark. Sa lèvre inférieure tremblait.

À cet instant, je la détestai. Elle me rappelait celle que j'étais avant, lorsque je ne remettais pas en question le rôle de l'École, ses murs et ses règles. Elle pensait qu'il lui suffisait d'aller ailleurs pour avoir un avenir meilleur.

« Ton vœu est exaucé, dis-je, incapable de me retenir. Tu ne reverras plus jamais ta directrice. »

CHAPITRE 24

Les heures s'égrenaient. Le soleil déclina. Le gadget attaché à la ceinture de Fletcher nous tira soudain de notre somnolence.

« Fletcher, espèce d'enfoiré ! T'arrives quand ? Je manque de marchandise. »

J'étais assise dans un coin, Arden pelotonnée à côté de moi, Lark en face de nous.

Fletcher porta l'étrange radio à sa bouche et appuya sur un bouton situé sur le côté pour arrêter les grésillements. « T'excite pas, gloussa-t-il. Je fais halte pour la nuit. On sera là demain matin. »

Les grésillements reprirent puis furent remplacés par un rire effrayant. « Allez, dis-moi ce que tu as ramassé. Donne aux gars un avant-goût. »

J'imaginais des hommes semblables à ceux que j'avais vus de la cabane, réunis sous une bâche dans un campement, attendant notre arrivée. J'avais du mal à respirer, je manquais d'air.

« Des vraies bombes, dit Fletcher en nous lorgnant dans son rétroviseur. Je te les fourguerai demain, espèce de gros dégueulasse. » Il éteignit la radio et remit la musique.

À l'École, j'avais soutenu que les gens étaient naturellement bons et qu'ils pouvaient s'amender. En entendant Fletcher rire, je ne vis qu'un dépravé. Le professeur Agnès nous avait dit une chose vraie : certains hommes considèrent les femmes comme une marchandise, au même titre que l'essence ou la viande.

« Il faut absolument qu'on s'échappe, chuchota Arden. Ce soir.

— Mais il va nous tuer, dit Lark.

— On est déjà mortes », coupa Arden.

Elle avait raison. Avec Leif, dans l'entrepôt, j'avais eu l'impression de mourir. Fletcher ne se raviserait pas. Il n'aurait pas de prise de conscience morale au beau milieu de la nuit.

Je m'approchai d'Arden et de Lark en cachant ma bouche pour que Fletcher ne puisse pas lire sur mes lèvres.

« On pourrait s'échapper pendant qu'il installe le campement », dis-je, angoissée.

Je scrutai l'horizon à la recherche d'un panneau, d'un signe qui nous indiquerait où nous étions, mais seule régnait l'obscurité.

*
* *

Quelques heures plus tard, le camion se gara dans une clairière. La lune était voilée par des nuages. Le paysage avait changé, les arbres avaient cédé la place à de petits arbustes et du sable scintillait dans la lumière des phares. Une formation rocheuse, peut-être des montagnes ou des falaises, nous surplombait. Fletcher descendit du camion, s'étira et se tourna pour uriner.

« Tu fais comme on a dit, chuchota Arden en prenant Lark par le poignet.

— Ça va. J'ai compris.

— On a besoin d'aller aux toilettes, criai-je en tapant sur les barreaux. S'il vous plaît, il faut qu'on y aille. C'est urgent. »

Fletcher remonta sa braguette. « Quoi ?

— Elle dit, précisa Arden, qu'on a besoin d'aller pisser. »

Visiblement, Fletcher comprenait mieux cette formulation. Il éclaira la cage avec sa lampe torche, puis les arbustes et une maison en ruine au pied de rochers gigantesques. « Toutes ?

— Toutes », répondit Arden. Même Lark opina d'une manière convaincante.

« Vous avez deux minutes. Allez là-bas, dans les bois. » Le rayon de sa lampe se déplaça vers un groupe d'arbres calcinés. « Mais gare à vous si vous tentez de vous tirer… » Il agita son pistolet.

Lorsqu'il ouvrit l'énorme cadenas, Lark se mit à haleter. Nous sortîmes l'une après l'autre.

Il fixa le rayon de sa lampe sur nos dos pendant que nous marchions vers les arbres.

« Pas tout de suite », murmurai-je.

Quand nous fûmes au niveau des arbres, Arden se tourna vers moi. Son regard s'adoucit. Elle esquissa un sourire à peine perceptible. *Nos routes se séparent peut-être ici*, semblait-elle dire. *Si c'est le cas, j'en suis désolée.*

Nous comptâmes un pas, deux, trois. Je jetai un œil sur la droite. Je distinguai deux arbres, mais rien au-delà. Puis Arden prononça le mot fatidique si bas que je l'entendis à peine : « Maintenant. »

Je me mis à courir. Je ne sentais plus mon corps. Je fonçais dans la forêt carbonisée, les mains tendues devant moi, au milieu des troncs et des buissons d'épineux.

« Espèces de petites… », Fletcher hurla. Il marchait d'un pas lourd avec ses énormes bottes. « Je vais vous buter ! »

Lark et Arden filèrent dans les bois et se séparèrent. Soudain, un coup de feu éclata. Prise par surprise, je trébuchai et tombai. J'avais peur d'entendre Arden crier, mais je ne perçus que des bruits de pas, de brindilles cassées et la lourde respiration de Fletcher derrière moi. Je rampai au milieu des arbustes. Il se rapprochait. Son ombre zigzaguait au milieu des arbres.

Je me relevai à grand-peine. J'avais la cheville foulée. Puis mon regard fut attiré par une lumière à la fenêtre d'une maison, au-delà des arbres calcinés.

« Viens ici », grogna Fletcher.

J'avais si peur que je sentais mon pouls dans mes doigts. Je me ruai vers la lumière, à bout de souffle et de forces. *Continue*, pensai-je, *continue.*

La forêt était bordée par un champ de fleurs. La lumière se trouvait bien plus loin que je ne le pensais, à une centaine de mètres environ.

Fletcher sortit de la forêt, précédé de ses hurlements hargneux. « Espèce de sale petite pondeuse. Tu crois que tu peux m'avoir, hein ? »

Je regardai autour de moi. À gauche, des falaises, à droite, un sentier sablonneux. Devant, des bois, mais même si je piquais un sprint, Fletcher me rattraperait. Je n'avais aucune cachette excepté le tapis de fleurs qui ne mesurait que quelques centimètres de haut.

Je me jetai par terre en écrasant des bourgeons bleus et jaunes. En levant un tout petit peu la tête, j'aperçus Fletcher à l'orée de la forêt.

Il cracha par terre. « Montre-toi ! Montre-toi ! » Il arma son pistolet.

Il s'avança dans le champ fleuri. J'aurais voulu disparaître dans le sol. Il marchait doucement. Les fleurs lui arrivaient au genou. À chaque pas, ses bottes noires écrasaient les tiges délicates. Lorsqu'il fut à quelques centimètres de moi, il plissa les yeux et inclina la tête.

Je me figeai, n'osant pas même respirer. Un filet de sueur coulait dans mon dos.

Après avoir bien regardé, il s'éloigna.

Je fermai les yeux, soulagée qu'il ne m'ait pas vue et heureuse qu'Arden et Lark aient bénéficié d'une minute de plus pour s'échapper. Je m'allongeai parmi les fleurs, soufflant longuement. Soudain, une brindille craqua près de moi.

Fletcher apparut. « Salut, ma poupée. »

Je courais déjà avant qu'il n'ait eu le temps de me viser. Le premier coup de feu me rata. Le second fit voler un tronc d'arbre en éclats. J'avais l'impression que mon cœur allait exploser. Il appuya à nouveau sur la détente. Cette fois, il n'y eut qu'un clic métallique. Son arme s'était enrayée.

Je perdais du terrain. Bientôt, il me rattrapa.

« C'est fini », dit-il en visant mon dos.

Je tournai la tête et le vis armer son pistolet. Les yeux clos, je priai pour que ma mort soit rapide, pour que je ne souffre pas autant que la biche.

Une détonation retentit.

Je m'attendais à sentir la balle déchirer mes chairs, à voir le sang jaillir de ma blessure. Mais rien. Aucun trou, aucune douleur.

Derrière moi, Fletcher se pétrifia et lâcha son pistolet. Une tache rouge s'épanouissait sur le devant de sa chemise. Il émit un bruit de gargouillis avant de s'affaler dans les fleurs, la bouche ouverte.

J'aperçus alors une silhouette. Une femme d'environ 70 ans s'approcha de moi. Ses longs cheveux blancs étaient réunis en une longue tresse. Elle caressa son fusil comme s'il s'agissait d'un animal de compagnie.

« Ça va ? » me demanda-t-elle en me scrutant. J'avais la main sur le cœur, rassurée qu'il batte encore.

« Oui, articulai-je. Je crois. »

Elle prit l'arme de Fletcher et vida le chargeur. Puis

elle lui donna un coup de pied dans les côtes. Il ne bougea pas. Il était mort.

« Merci », murmurai-je.

Le visage ridé de la vieille femme s'illumina. « Marjorie Cross, dit-elle en me tendant la main. Tout le plaisir est pour moi. »

Chapitre 25

« Nous y sommes, dit Marjorie en poussant la porte de la maison. Entrez. » Dans le salon, un canapé rose faisait face à une cheminée. Des baies mijotaient dans l'âtre.

« Tout va bien », murmurai-je à Arden et à Lark. Marjorie posa son fusil sur la table de la cuisine. « Nous sommes en sécurité.

— Otis ! cria Marjorie dans l'escalier. Otis ! » Elle nous regarda. « Désolée de hurler ainsi mais il n'y a nulle part où acheter des prothèses auditives.

— Que faisons-nous dans la maison de cette vieille folle ? chuchota Arden en s'asseyant sur le canapé.

— Cette *vieille folle* vient de me sauver la vie. » Dans les bois, j'avais appelé Arden et Lark pendant vingt minutes avant qu'elles finissent par se montrer. Elles avaient eu peur que ce ne soit un piège. Nous avions ensuite suivi Marjorie jusqu'à sa maison. La lumière que j'avais vue alors que je tentais d'échapper à Fletcher brillait à la fenêtre.

Dans la cuisine, Marjorie empilait bruyamment des assiettes.

« C'est joli, ici, dit Lark, le visage sale et son pantalon trempé de boue. Ça me plaît. »

Le canapé avait l'air confortable et les coussins multicolores ne sentaient pas le moisi, cette odeur si caractéristique de l'ère post-peste. Dans une armoire vitrée, de délicates tasses à thé côtoyaient des bibelots en porcelaine. Un saladier rempli de tomates rouges, jaunes et vertes était posé sur une longue table en bois installée près de la desserte de la cuisine.

Des photos en noir et blanc encadrées étaient accrochées au-dessus de la cheminée en briques : une petite fille en robe-tablier, un garçon en costume blanc arborant une fleur à la boutonnière, un jeune couple vêtu de pantalons taille haute. La jeune femme blonde, à peine plus âgée que moi, enlaçait l'homme, la main sur le cœur de son bien-aimé.

Je pensai tout de suite à Caleb. Nous nous étions quittés sur une dispute, un malentendu. Il était quelque part dehors, sans moi.

« Je vois que nous avons de la visite. » Un homme aux cheveux gris descendit l'escalier en boitant. Il était plus vieux que Marjorie. Il portait une chemise en flanelle rentrée dans un pantalon usé aux genoux. Lark eut un mouvement de surprise en le voyant. Quelques semaines plus tôt, j'aurais réagi de la même façon. Après avoir passé tant d'heures avec Caleb, je n'étais plus aussi facilement effrayée.

Marjorie s'agenouilla près du feu et versa une cuilleré de baies dans chaque assiette. « Je les ai trouvées dans les bois. Un homme ignoble essayait de les tuer. » Ils eurent un regard de connivence.

« Que faisiez-vous là ? » Otis s'avança lentement vers la salle à manger, prit une chaise et s'assit.

Lark éclata en sanglots. « Cet homme, Fletcher, il nous avait capturées. Il allait nous vendre. » Ses mains tremblaient.

« Nous nous sommes échappées de nos Écoles », ajouta Arden.

Marjorie me tendit une assiette décorée de fleurs. Cela nous changeait agréablement des plats métalliques de l'École et des bols en bois de l'abri. « Depuis combien de temps êtes-vous livrées à vous-mêmes ? demanda-t-elle.

— Quatre jours », dit Lark.

Marjorie nous pointa du doigt, Arden et moi.

Je mangeais les baies. « Je ne suis pas certaine… je dirais quelques semaines.

— Je comprends, dit Marjorie. On perd rapidement la notion du temps. » Elle fixait Otis tout en parlant. « Et où allez-vous ? »

Arden me lorgna du coin de l'œil. Elle avait décidé de faire confiance à Marjorie qui venait de me sauver la vie. « Nous allons suivre la Route 80 jusqu'à Califia, répliqua-t-elle.

— Vous avez raison », approuva Otis. Son pantalon découvrait ses chevilles, révélant une jambe droite en bois, grossièrement taillée dans une branche d'arbre. « Et comment comptez-vous aller là-bas ?

— Je ne sais pas. Nous sommes perdues », avouai-je.

Lark, affamée, dévorait ses baies.

Marjorie lança un nouveau regard à Otis, elle se leva et s'avança jusqu'à la fenêtre. Elle prit la lanterne et souffla la bougie. « Moi, je sais. »

Il y avait une radio noire en métal et son combiné sur l'étagère.

« La Piste », dis-je tout haut.

Otis pointa le sol du doigt. « Oui, vous êtes dessus.

— La Piste ? répéta Arden. Qu'est-ce que c'est ? » Elle posa son assiette sur ses genoux. Je lui en avais parlé lorsque nous étions dans la chambre de Paul, mais la fièvre avait dû brouiller sa mémoire.

Marjorie se tenait devant nous, les mains jointes. « Cette maison est un refuge, une étape parmi d'autres sur la route de Califia. Nous aidons les orphelins à échapper au roi. »

Lark fixa la fumée qui s'élevait de la bougie éteinte. « Mais les troupes ? Elles ignorent tout de vos activités ? » Elle croisa ses bras frêles sur sa poitrine.

« Les militaires sont toujours suspicieux, répondit Otis. Ils viennent de temps en temps, nous posent des questions et fouillent la maison. Mais sans preuve, ils ne peuvent pas faire grand-chose. Nous avons l'autorisation de vivre en dehors de la Cité des Sables.

— L'autorisation ? » demandai-je.

Otis tira sur son pantalon pour cacher sa jambe de bois. « C'est un processus long, que peu de gens entament à moins d'avoir une bonne raison. Mais nous sommes vieux et pas très utiles à la Cité. L'un dans l'autre, on nous laisse tranquilles. »

« Vous devez être fatiguées, dit Marjorie. Je vais vous montrer votre chambre. » Pendant qu'Otis débarrassait les assiettes vides, elle descendit un petit escalier en bois. Le sous-sol était un capharnaüm de chaises, de cartons et de vieux journaux détrempés.

Je pris le premier de la pile. En une du *New York Times,* il y avait la photo d'une femme escaladant une barricade en hurlant. Le titre disait : « En plein chaos, les barricades séparent les familles ». Notre professeur nous avait parlé de cette ville. La peste s'était infiltrée dans des immeubles dont les portes avaient été cadenassées pour enfermer les gens à l'intérieur.

Arden indiqua un canapé défoncé niché dans un coin. « On va dormir là ? »

Marjorie ouvrit un garde-manger. Elle retira toutes les boîtes de conserve, puis l'étagère du milieu. « En fait, dit-elle en écartant une toile d'araignée, c'est ici. »

Elle alluma une lanterne et éclaira une pièce secrète. Elle contenait deux lits superposés et un évier dans un coin. Les murs étaient en terre, le sol recouvert d'une matière grise et mate. « C'est mieux, si jamais les troupes nous surprennent en pleine nuit. Dans l'angle, un couloir mène à une trappe qui donne au milieu du champ. Faites comme chez vous, il y a des serviettes, des vêtements et des chaussures », ajouta-t-elle en regardant nos pieds nus et sales.

Arden pénétra dans la pièce et se jeta sur un lit du bas. « C'est plutôt grand », dit-elle.

Lark troqua son sweat déchiré contre une chemise de nuit avant de s'écrouler sur le matelas, l'air serein.

Nous étions toujours en fuite, toujours en danger, mais je ne ressentais plus la même terreur. Je scrutai le visage bienveillant de Marjorie.

« Vas-y, entre », dit-elle. Ses vêtements sentaient bon le feu de bois. « Tu seras en sécurité ici, je te le promets. »

Je ne pus me retenir plus longtemps et la serrai dans mes bras. Les enseignantes ne nous touchaient jamais, à l'exception d'une petite tape dans le dos lorsqu'elles nous escortaient au réfectoire ou d'un petit coup sur l'épaule lorsque nous rêvassions en classe.

Marjorie m'enlaça à son tour. Je me rendis compte à quel point elle était menue. « Merci, répétai-je en boucle. Merci, merci. »

CHAPITRE 26

Nous fûmes réveillées par une odeur de pain chaud. « Nous avons des œufs frais », dit Otis en tirant les chaises autour de la table. Je contemplai le festin : des œufs brouillés, de la viande de sanglier séchée, du pain maison. Je souris, la gorge nouée d'émotion.

« Ça a l'air délicieux », dis-je.

Lark s'assit et se servit une assiette pleine. Elle était toujours en chemise de nuit.

Arden embrassa la pièce du regard – les fenêtres de façade, celles sur les côtés et la porte du jardin. Les rideaux étaient tirés. « Ce sont des vampires ? » chuchota-t-elle.

Marjorie s'affairait dans la cuisine. Elle coupait des tomates dans un saladier. Je repensai à Fletcher et à sa poitrine ensanglantée.

« Il est toujours dehors ? » demandai-je.

Marjorie s'interrompit, puis elle désigna la fenêtre de son couteau. « Bill et Liza s'occupent de lui.

— Qui sont-ils ? demanda Arden.

— Nos chats. » Marjorie plaça le saladier de tomates devant Otis et posa la main sur sa nuque.

Lark déglutit, ses yeux allant et venant de Marjorie à Otis. « Vos *chats* s'occupent de Fletcher ? »

Otis acquiesça et mangea un morceau de viande.

Lark se mordillait l'index. « Que vous feraient-ils s'ils savaient que vous nous aidez ?

— Ils nous tueraient », dit simplement Marjorie. Elle fixa les bûches en train de brûler. « Le roi ne tolère aucune opposition. Dans la Cité, il n'est pas rare que des personnes disparaissent. Un citoyen qui travaillait pour la Piste, un certain Wallace, a parlé de sa mission à un homme qui s'est révélé être un informateur. Une semaine plus tard, il avait disparu. D'après sa femme, il a été enlevé dans son lit et emmené Dieu sait où. »

J'avais tellement rêvé de la Cité. Comment avais-je pu croire ces mensonges si longtemps ?

« Vous allez rester avec nous quelques jours, déclara Otis. Puis nous vous emmènerons à un autre refuge. Nous communiquons avec les autres par la lanterne à la fenêtre. Si elle est allumée, c'est qu'il y a de la place. »

Lark continua à se ronger le doigt jusqu'au sang. « Mais si on se fait attraper, ils nous tueront. Vous l'avez dit vous-mêmes. »

Marjorie glissa une mèche de ses cheveux blancs dans sa tresse. « Voilà près de deux siècles, Harriet Tubman aida des esclaves à s'enfuir et les conduisit dans des lieux où ils pouvaient être libres. Lorsqu'ils lui confiaient qu'ils doutaient d'avoir le courage de s'échapper, elle pointait son pistolet sur eux et disait : "Avancez ou je vous tue." »

Otis posa la main sur l'épaule de Marjorie et baissa le pistolet invisible. « Ce qu'elle veut dire, c'est que nous n'avons pas peur. Le roi a édifié son régime sur la peur pour que les gens n'imaginent pas vivre autrement. »

J'avais fait l'expérience de ce sentiment lorsque j'étais au pied du mur de l'École. Malgré ce que j'avais vu dans l'horrible bâtiment de l'autre côté du lac, l'espace d'un instant, quelque chose m'avait retenue. Dans ma tête, j'avais entendu les élèves parler des chiens sauvages et des gangs sévissant dans la Zone, et les tirades des professeurs sur les hommes qui manipulaient les femmes d'un simple sourire.

J'écartai les rideaux. Cent mètres plus loin, deux pumas dévoraient à pleines dents la chair sanguinolente ; l'un des deux avait une main dans sa gueule.

« Mieux vaut ne pas s'approcher des fenêtres, dit Marjorie. Les troupes pourraient nous observer. »

Lark mâchait un morceau de sanglier. Elle examinait Marjorie et Otis d'un air circonspect. « Vous êtes… mariés ? »

Marjorie sourit et couvrit de sa main celle d'Otis. « J'ai rencontré Otis avant la peste. À l'époque, j'habitais à New York…

— Elles ne savent pas ce qu'est New York », plaisanta Otis. Marjorie fronça le nez comme si elle était agacée. Son regard était lointain. « Cette ville se trouvait de l'autre côté du pays… l'une des plus spectaculaires au monde. Les immeubles semblaient sortis de terre, la foule se pressait sur les trottoirs. Le métro, les hot-dogs vendus dans la rue… »

J'avais lu des livres dont l'histoire se passait à New York, mais je n'arrivais pas à croire qu'une telle ville ait pu exister. Combien de personnes fallait-il pour remplir un gratte-ciel ? Une rue ? Je n'avais jamais vu autant de gens dans ma vie entière.

Marjorie embrassa la main d'Otis. « Merci, chéri. Je vivais à New York et, un soir, j'ai rencontré cet homme qui m'a parlé de recyclage.

— Pas du tout, gloussa Otis. Mais ça ne fait rien.

— Qu'est-ce que c'est, le recyclage ? demanda Arden.

— Peu importe, poursuivit Marjorie. Il parlait mais je ne l'écoutais pas. Je l'observais en me disant : cet homme est vraiment plein de vie. Je n'avais jamais rencontré quelqu'un d'aussi intéressant… et en même temps j'avais la sensation de le connaître. » Otis embrassa sa main.

Je repensai à la façon dont Caleb me regardait, dont mon corps réagissait dès qu'il était près de moi. À son regard franc quand il abordait des questions sérieuses.

« Je me disais qu'il allait se transformer en crétin d'une minute à l'autre mais plus il parlait, plus je m'éprenais de lui.

— C'est pour ça que vous n'êtes pas allés dans la Cité des Sables lorsque le roi l'a demandé ? Vous aviez peur d'être séparés ? » s'enquit Arden.

Marjorie baissa les yeux. « Le roi ne tient pas à avoir des gens comme nous dans la Cité. Nous sommes trop vieux, nous ne lui servons à rien. Il voulait que j'enseigne dans l'une des Écoles et envoyer Otis dans un camp de travail. Mais ce n'est pas pour ça que nous avons refusé d'y aller.

— Nous n'y sommes pas allés, expliqua Otis, parce que c'était mal. Ça l'est toujours.

— Pendant et après la peste, tout le monde avait peur, continua Marjorie. Avant, il y avait un gouvernement, une démocratie. Mais l'épidémie s'est propagée trop rapidement, la moitié des dirigeants du pays sont morts en six mois. Plus personne ne respectait les lois. La presse a été muselée. Nous sommes restés longtemps privés d'électricité et de téléphone. Nous ne savions pas ce qu'il se passait. Et un beau jour, un politicien a annoncé un plan de reconstruction. Il était censé rester au pouvoir le temps que les choses se tassent, mais il a encore fallu deux ans pour enrayer la peste. Entre-temps, il a gagné la confiance des gens. Ils l'ont cru lorsqu'il a dit que l'Amérique devait s'unir derrière un seul dirigeant. Ils avaient tellement peur qu'ils l'ont suivi sans poser de question. Et la situation a empiré.

— Peut-être que ça va changer, dit Lark. Cela ne peut pas durer comme ça indéfiniment. Peut-être qu'une fois que la Cité des Sables sera terminée…

— Le temps n'y fera rien, objecta Marjorie d'un ton calme. Notre génération n'a pas à se reprocher que les actes et les paroles au vitriol des méchants, mais aussi l'effroyable silence des justes. »

Otis se cala au fond de sa chaise et allongea sa jambe malade. « C'est une phrase de Martin Luther King.

— Qui est-ce ? », demandai-je en prenant le dernier morceau de sanglier.

Otis et Marjorie se regardèrent. « Vous avez encore beaucoup de lacunes à combler, dit-il.

— Nous avons quelques jours devant nous », répondis-je. À l'École, j'avais appris tant de choses qui me paraissaient maintenant inutiles. Ma véritable éducation avait commencé avec Caleb. Mais ce n'était que le début, la vérité serait plus surprenante que je ne l'imaginais.

« C'est vrai » acquiesça Marjorie. Elle croisa le regard d'Otis. « Et si tu allumais le projecteur ? Je parie que ces filles n'ont jamais vu de vrai film. »

Au milieu du salon, une boîte plate était reliée à une autre plus grosse recouverte de scotch gris. Otis appuya sur des boutons et un rectangle blanc apparut sur le mur au-dessus de la cheminée.

« Qu'est-ce que c'est ? » s'étonna Lark en s'asseyant sur le canapé. Une musique douce remplit la pièce et le mot FANTÔME s'afficha au-dessus de la cheminée.

Je n'avais entraperçu que des extraits de vidéos prises par les caméras de surveillance. Mais ce qui s'offrait à moi à cet instant n'avait rien à voir. Les plans se succédaient : un mur détruit à coups de masse, une femme courant dans les bras d'un homme, des gens marchant dans d'immenses rues, comme celles décrites par Otis. Arden et moi étions médusées.

« Vous pouvez vous asseoir », dit Marjorie en riant. Je me laissai tomber sur les coussins du canapé et oubliai peu à peu où j'étais pour me fondre dans le monde qui défilait sur le mur. Je rougis lorsque Sam passa son bras autour des épaules de Molly. J'eus le souffle court lorsqu'ils se firent attaquer dans une ruelle sombre. À la fin, leur séparation me bouleversa.

Lorsque le mur redevint noir, Lark supplia Otis d'en projeter un autre. J'étais incapable de parler. Le film parlait d'amour, de mort et de séparation. Je ne cessais de penser à Caleb.

« Je vais m'allonger », dis-je en évitant soigneusement le regard d'Arden.

À la cuisine, Marjorie me dévisagea. « Tu te sens bien ?

— Reste, dit Lark. On va en regarder un autre. »

J'étais déjà dans l'escalier. « Je suis juste un peu fatiguée. » Je mentais. Arden me regarda d'un air entendu.

« Ça lui arrive parfois, il n'y a pas de quoi s'inquiéter », déclara-t-elle.

Dans le secret de la chambre plongée dans l'obscurité, je m'étendis sur le lit et éclatai en sanglots. Je n'avais pas eu l'occasion de lui faire mes adieux. Bientôt, je reprendrais la route vers Califia. Je ne reverrais plus jamais Caleb.

Lorsque Arden et Lark vinrent se coucher plusieurs heures plus tard, je feignis de dormir. Arden posa une couverture sur mes pieds. « Bonne nuit », murmura-t-elle.

Je n'arrivais pas à trouver le sommeil. Je pensais à la radio sur l'étagère. Je me souvenais de celle de Caleb. Il devait probablement continuer à recevoir des nouvelles de la Cité et de Moss par ce biais.

Je me levai. En retirant sans bruit les conserves du placard, je compris que je n'avais qu'une seule chose à faire. *Rose est si intelligente, si touchante, animée, nous chantons ensemble.*

En haut, le salon était plongé dans le noir. J'avançai à tâtons jusqu'à ce que je trouve une lanterne sur la table de la cuisine. Je songeai à réveiller Marjorie mais il aurait été trop compliqué de tout lui raconter : la razzia, Leif, ma phrase malheureuse, le départ de Caleb.

Je fouillai dans les placards à la recherche d'un papier comportant le nom d'une localité. Un professeur nous avait expliqué que, dans l'ancien temps, il existait un système de distribution du courrier grâce à ce qu'on appelait des adresses. Dans un tiroir, je tombai sur des photos : Marjorie jeune, enceinte, avec une petite fille accrochée à sa jambe ; deux petites filles dans un bain moussant. Ils n'avaient pas parlé de leurs filles et il n'y avait aucune trace d'elles dans la maison.

Dessous, je vis trois cartes en papier épais. Sur l'une, la photo d'une plage portait la mention ; Phuket, Thaïlande. Derrière, il était écrit : « Chers parents, Tom et moi passons des vacances formidables. Les belles plages sont sublimes. Nous sommes au paradis. Bisous, Libby ». À côté, l'adresse : Sedona, Arizona.

Je tournai le bouton de la radio comme le faisaient les professeurs. Un grésillement envahit la pièce. Je pris le combiné et pressai le bouton. Le grésillement s'interrompit. Je parlai lentement, distinctement. « Verts îlots et nature superbe cachée au loin. En bateau et vagues écumantes. » Je répétai la phrase à dix reprises, comme si je lui disais la pure et simple vérité : il me manquait. J'avais besoin de lui. J'étais désolée.

Ensuite, j'ajoutai : « Sans effort demain on naviguera, allégrement. » Je répétai la phrase une fois, puis je relâchai le bouton.

Réponds, me dis-je en l'imaginant dans son vieux fauteuil. *Réponds*. J'attendis, les yeux rivés sur le combiné. Finalement, je replaçai la radio sur l'étagère. Peut-être ne m'avait-il pas entendue. Peut-être était-il toujours fâché. Mais je n'étais pas découragée.

Je recommencerais le lendemain, le surlendemain et tous les jours suivants jusqu'à ce que ce message codé lui parvienne.

Chapitre 27

« Je veux voir d'autres films », dit Lark en posant la vaisselle sale du petit déjeuner dans l'évier. Marjorie et Otis finissaient leur thé pendant qu'Arden et moi jouions aux cartes.

« Tu en as vu assez », râla Arden. Ses cheveux habituellement emmêlés étaient parfaitement peignés, sa peau nettoyée et lumineuse. « J'en ai assez de ces histoires d'amour contrarié. »

J'entortillai mes cheveux. J'étais à moitié là, à moitié avec Caleb. La nuit précédente, après avoir envoyé mes messages, je m'étais affalée sur le matelas et j'avais rêvé de lui dans sa chambre, les mains sur sa radio.

Lark s'approcha de la table et pointa Arden du doigt. Elle portait un pull trois fois trop grand. « Tu n'es pas la seule à décider. Je suis peut-être plus jeune mais j'ai mon mot à dire…

— Ça suffit ! » lança Otis en agitant les mains. Il eut une mine réjouie et regarda Marjorie. « Ça me rappelle des souvenirs. »

Je me rappelai la photo de la plage et le mot signé

Libby. « Vous avez une fille ? demandai-je en posant mes cartes.

— Deux, dit Marjorie, Libby et Anne. »

Otis se leva pour verser un seau d'eau dans l'évier. « Elles étaient merveilleuses, dit-il. Elles avaient 27 et 33 ans. » Lorsqu'il se retourna, ses yeux étaient baignés de larmes.

« Nous n'en parlons pas souvent, ajouta Marjorie. Enfin, ce qu'Otis voulait dire, c'est que nous sommes heureux de vous avoir ici. »

Ma mère m'avait écrit une lettre. Elle l'avait glissée dans ma poche le jour où le camion était passé. C'était tout ce qu'il me restait d'elle. Malheureusement, elle était restée dans l'abri avec mes affaires. Je me souvenais d'elle me lisant les histoires de Babar, me laçant mes chaussures, me coiffant. *Je t'aime*, semblait-elle dire à chaque geste. *Je t'aime, je t'aime, je t'aime.*

« Nous sommes heureuses d'être ici », dis-je.

Marjorie fixa quelque chose derrière moi. Son visage se rembrunit à mesure qu'elle s'approchait des étagères. Elle passa d'abord la main sur l'étagère du haut, puis sur la radio posée sur celle du dessous. « Quelqu'un a déplacé la radio. »

Elle prononça ces mots lentement, avec un accent de colère qui m'effraya. Otis s'appuya sur la desserte et jeta un regard à Lark.

« Pourquoi me regardez-vous ? » Lark s'enfonça dans le canapé. « Je n'ai rien fait.

— C'est moi », soufflai-je, la poitrine oppressée.

Marjorie me dévisagea. « Qu'est-ce que tu as fait ? » Elle parlait plus fort que d'habitude.

Arden se tourna également vers moi, pâle et déconcertée.

« J'ai envoyé un message à quelqu'un… mais il était codé.

— Quel code as-tu utilisé ? » demanda Marjorie avec insistance.

Arden me prit par le bras. « À Caleb ?

— Mais qui est Caleb ? » s'enquit Otis.

Je tressaillis, ma respiration s'accéléra.

Marjorie s'avança vers moi. « Peu importe qui c'est, dit-elle en me prenant par l'épaule. L'important, c'est le code qu'elle a utilisé. Dis-le-moi. »

Marjorie et Arden me fixaient d'un air suppliant. Je me levai, dos au mur. « Eh bien, le code… le seul qui existe. »

Marjorie tapa du poing sur la table. Son verre se renversa. « Il y a eu plus de trente codes depuis la création de la Piste il y a cinq ans. »

J'étouffais. Je transpirais à grosses gouttes. J'arrivais à peine à parler. « Rose est si intelligente… »

« Oh non ! s'écria Otis. Non ! Non ! Non ! »

Lark écarquilla les yeux. « Quoi ? Qu'est-ce qui se passe ?

— Elle a peut-être fait une erreur, dit Arden. Peut-être qu'elle l'a mal formulé ou que la radio n'était pas branchée. Qui l'écoute, de toute façon ?

— Tout le monde, répondit immédiatement Otis. Tout le monde. »

Marjorie se frotta le front. Le soleil perçait à travers les rideaux. Finalement, elle se tourna vers Otis. « Prends les sacs. On a peu de temps.

— Je suis désolée », dis-je, la gorge serrée.

Quelque chose résonna au loin. Tout le monde se figea. Au milieu du vent et des chants des oiseaux s'était glissé un bruit terrifiant : le ronronnement d'un moteur.

Marjorie se précipita à la fenêtre. « Ils sont déjà là.

— Qui ? » demanda Lark en se mordant la lèvre nerveusement.

Otis ouvrit un placard au-dessus de l'évier et glissa la main derrière des bocaux en verre. Il sortit un pistolet et le fourra dans sa ceinture. « Les militaires. »

Marjorie se rua sur l'évier et prit des fourchettes et des couteaux. Otis l'écarta. « Arrête, lui ordonna-t-il. Va-t'en.

— Suivez-moi, finit-elle par dire en descendant l'escalier. Que disais-tu dans ton message ? »

Le bruit du moteur se rapprochait de la maison. J'ouvris la bouche mais je ne pouvais pas lui avouer que j'avais dit qui et où j'étais. Que je nous avais tous mis en danger.

Au sous-sol, Marjorie fit tomber vite fait les boîtes de conserve. Arden retira l'étagère et nous nous précipitâmes dans la pièce secrète.

« Ne dites pas un mot », murmura Marjorie en commençant à remettre les boîtes en place.

Au-dessus, quelqu'un enfonça la porte d'entrée. Des voix rauques donnèrent des ordres.

« Vite. Lark pleurait. S'il vous plaît, Marjorie. Faites vite. »

Les mains ridées de Marjorie s'activaient lentement. « Je fais aussi vite que possible, dit-elle d'une petite voix. Je fais… » Elle s'essuya le visage. Je m'aperçus qu'elle pleurait.

Les voix se firent plus fortes. Au-dessus, les lourdes bottes faisaient vibrer le plafond qui s'effritait sur nos têtes.

« Juste ma femme », dit Otis. Des bruits de pas. Marjorie tenait les dernières boîtes de conserve dans ses bras lorsque les soldats, habillés en vert et marron, apparurent dans l'escalier. Arden me tira au fond de la pièce.

Je plaquai la main sur la bouche tremblante de Lark. Marjorie referma les portes vitrées du garde-manger. Tapies dans l'ombre, nous observions la scène à travers les interstices entre les boîtes.

En un instant, Marjorie se ressaisit, le visage sévère et les poings sur les hanches. « Messieurs, que puis-je faire pour vous, cette fois-ci ? Lieutenant Calverton ! » Elle saluait le plus vieux, qui avait un nez crochu et des cheveux poivre et sel. À côté de lui, un jeune homme mince et pâle avait la main sur son pistolet. « Sergent Richards, vous êtes encore venu nous harceler. »

Ils se tenaient en bas des marches, tous deux rasés de près, les traits crispés. « Arrêtez ce petit jeu, Marjorie, dit Calverton. Nous savons que vous cachez une fille nommée Ève. Elle appartient au roi. »

Arden me serra contre elle et m'empêcha de m'écrouler. « Nous ne cachons personne, dit Otis. Quand nous laisserez-vous tranquilles ? Nous essayons juste de survivre, comme tout le monde. »

Richards éventra tous les cartons. Il traversa la cave, ouvrit la porte située derrière l'escalier et palpa le vieux canapé au passage avant de taper sur le mur derrière une pile de vieilles machines. « Êtes-vous obligés de faire tout ce remue-ménage chaque fois ? » demanda Marjorie, les bras croisés.

Otis descendit les dernières marches. Il s'appuya contre le mur, son pistolet caché dans sa ceinture. « Vous ne trouverez rien. »

« Quelque chose me dit que vous mentez », déclara Calverton. Il pointa du doigt le garde-manger. Je sentis mon cœur s'emballer. Arden me poussa derrière les lits superposés et tira Lark près de nous. Le jeune soldat ouvrit les portes.

Cachée derrière les barreaux du lit, je vis les boîtes de conserve s'entrechoquer sur l'étagère du haut. Le soldat se baissa sur la seconde étagère et passa l'index sur le bois. Les boîtes cachant le passage bougèrent. Lark cria quand la lumière pénétra dans la petite pièce. Je levai les yeux et croisai le regard du soldat.

« Monsieur, dit-il en écartant les boîtes. Monsieur, je vois des pondeuses… »

Otis saisit son arme et tira sur Richards. Le soldat s'effondra, entraînant l'étagère avec lui. Il agrippa son épaule blessée.

Lorsque Otis se jeta sur Calverton, Marjorie nous

ordonna de courir en nous indiquant le tunnel qui s'enfonçait dans l'obscurité.

Calverton projeta Otis contre le mur. Sous le choc, ce dernier lâcha son pistolet. Calverton rajusta son uniforme et le mit en joue.

« Non ! Arrêtez ! » hurla Marjorie. Elle tendit désespérément les bras. Tout se passa très vite. Une détonation, puis une autre. Deux balles en plein cœur. Otis était mort avant de toucher le sol.

Lark se précipita dans le tunnel. Arden me traîna derrière elle mais j'avais les jambes lourdes – la tristesse avait eu raison de moi. Je me retournai. Marjorie bourrait le soldat de coups de pied. Il leva son arme à nouveau. La balle traversa la joue de Marjorie. Elle s'écroula sur Otis et le serra dans ses bras. Le soldat baissa alors son arme et tira un dernier coup de feu.

Chapitre 28

Arden me tirait par le bras mais je ne pouvais pas bouger. Je regardais la scène comme si elle se déroulait sur le mur au-dessus de la cheminée. Richards, le visage déformé par la douleur et éclaboussé de sang. Marjorie affalée, sa longue natte blanche teintée de rouge.

Calverton se rua vers nous. J'étais figée. Arden finit par m'entraîner de force.

Alors que nous courions dans le tunnel obscur, mon esprit se brouilla. Marjorie et Otis avaient été abattus. Ils étaient morts, par ma faute. J'avais beau me répéter ces faits, ils me paraissaient irréels.

Au bout du tunnel, un escalier menait à la trappe. Lark tenta de l'enfoncer, en vain. « Elle est coincée », brailla-t-elle en tambourinant dessus. Finalement, elle céda de quelques centimètres, ce qui nous permit de voir qu'elle était bloquée par une branche d'arbre.

Derrière nous, les boîtes de conserve s'entrechoquaient alors que le soldat pénétrait dans le garde-manger. Lark s'écarta de la trappe. Un coup de feu éclata.

« Ne tirez pas ! Il nous la faut vivante ! hurla Calverton.

— Pousse ! cria Arden.

— Arrêtez-vous ! Sur ordre du roi de la Nouvelle Amérique ! » La voix de Richards résonnait derrière nous.

Arden et moi nous jetâmes à nouveau sur la trappe. Après un crac, elle s'ouvrit en grand. Le soleil du matin brillait de tous ses rayons.

En haut de l'escalier, je me retournai pour aider Lark. Elle était affalée sur le sol. Du sang gouttait de son crâne.

« Non ! » Je dévalai les marches et la pris dans mes bras. La balle s'était logée à la base de sa nuque. « Lark !

— Il faut y aller, me pressa Arden. Je n'en ai pas envie mais… »

Elle n'eut pas le temps de terminer sa phrase. Les soldats apparurent, arme au poing. Richards s'était fait un bandage avec l'écharpe mauve de Marjorie.

Je m'élançai en haut des marches et claquai la trappe derrière moi. Dehors, le soleil tapait fort sur la pelouse roussie et les arbres calcinés. Il n'y avait que des rochers rouges gigantesques, des arbustes rabougris et du sable brûlant à perte de vue. La maison la plus proche n'était qu'un point à l'horizon. Où se cacher ?

La trappe vola en éclats. Calverton traversa la pelouse en rechargeant son arme.

« Viens », dis-je à Arden en partant vers la droite, à l'opposé de la forêt calcinée. Loin de la maison de Marjorie, derrière les dunes et les arbres, une route défoncée menait à un quartier.

Une balle frôla Arden et se ficha dans un arbre. « Ils essaient de me tuer », hurla-t-elle en sautant par-dessus un tronc.

« Par là ! » criai-je en indiquant une maison envahie par la végétation. Le portail de derrière était ouvert.

Le squelette d'un chien reposait au fond de la piscine à moitié vide. Le toit de la véranda s'était écroulé, la peinture blanche d'une cabane en bois s'écaillait. Une palissade jaune de plus de deux mètres de haut se dressait tout autour et nous barrait le chemin. Nous ne pouvions plus avancer.

Arden donna un coup de pied dans la palissade. Les soldats se rapprochaient. Elle tenta à nouveau de la faire céder. Ses yeux se remplirent de larmes. « C'est pas vrai ! »

Il n'y avait aucune porte, aucun trou dans la palissade et rien que nous pourrions utiliser pour grimper.

« Nous sommes prises au piège. » Mes mains tremblaient.

Arden m'entraîna derrière la cabane. Accroupies, main dans la main, nous vîmes les soldats contourner la piscine. Calverton leva l'index devant sa bouche comme pour dire *chut*.

« Je suis désolée », murmurai-je à l'oreille d'Arden. En plus du reste, j'avais choisi d'aller du mauvais côté. Nous allions nous faire capturer.

Richards prit sa lampe torche et fouilla la véranda délabrée. Arden fixait le tas de chaises près de la porte de la maison. « Tu peux en utiliser une pour franchir le mur et t'échapper par-derrière. »

J'observai Calverton qui se dirigeait vers une ancienne niche.

« Et toi ? » demandai-je. Mais je connaissais déjà la réponse.

Arden essaya de sourire mais son visage trahissait sa fatigue. « Je vais les occuper. Ne t'inquiète pas, on se verra à Califia. Je retrouverai la route.

— Non », dis-je en essuyant mes yeux. J'aurais tellement voulu la croire, mais je savais qu'aucune de nous deux ne s'en sortirait seule dans la Zone. « Je préfère encore être emmenée à la Cité, je m'en fiche… »

Elle me coupa. « Tu ferais la même chose pour moi. Tu l'as déjà fait. »

Elle n'attendit pas ma réponse. Elle lâcha ma main et se précipita dans le jardin. Richards partit à sa poursuite. Calverton le suivit. Tous trois disparurent au loin.

Des coups de feu déchirèrent le silence. J'attendis, terrifiée à l'idée d'entendre Arden crier. Mais je n'entendis que les voix et les pas des soldats.

Je suivis alors les instructions d'Arden. Je grimpai

sur une chaise et franchis la palissade. Je me mis à courir dans la direction opposée, sans me retourner. Je ne m'arrêtai que des heures plus tard. L'air avait fraîchi, les bois étaient plus clairsemés. J'étais complètement seule.

CHAPITRE 29

Le temps passa. Deux jours, peut-être trois. Je n'avais aucune raison de les compter.

J'étais allongée dans la baignoire marron de crasse d'une maison abandonnée, un couteau entre les mains, les pieds ensanglantés. J'avais tant couru que mes lacets s'étaient cassés et que j'avais perdu mes chaussures.

Dans ma demi-torpeur, des images m'obsédaient : les corps d'Otis et de Marjorie, le visage de Lark contre le sol en ciment, Calverton effaçant une éraflure sur sa botte, la pression des doigts d'Arden sur mon épaule, le regard gris et froid de Richards… Et l'odeur de la poudre et du sang assaillait toujours mes narines.

Y avait-il quelque chose de mauvais en moi ? J'avais abandonné Pip, Ruby, Marjorie, Otis et Lark. Je ne supportais plus ces maisons barricadées et les drapeaux rouges en lambeaux frappés de l'inscription PESTE accrochés aux fenêtres brisées. Les enfants étaient trop jeunes pour devenir orphelins. Je ne voulais plus voir ces amas d'os et ressentir cette inexorable peur s'infiltrer au plus profond de mon être.

Je n'avais plus envie de manger ni de bouger. Je n'avais pas bu depuis des jours. Mes jambes étaient frêles et mon dos brûlé par le soleil. Si je restais dans cette baignoire plus longtemps, ma fin adviendrait bien avant l'arrivée des troupes.

La chaleur du jour disparut. Les heures s'égrenèrent. Dans mes moments de conscience, j'étais avec Arden, derrière la cabane. Soudain, je vis son visage et j'entendis ses paroles : *Tu ferais la même chose pour moi*. Ce souvenir amena celui de ma mère debout sur le pas de la porte, me regardant partir à l'arrière du camion, celui des assiettes d'œufs servies par Marjorie et de la main ridée d'Otis sur la mienne.

Je me recroquevillai sous le poids de la honte. À l'École, je pensais que l'amour était un handicap. Je fondis en larmes. Maintenant, je connaissais la vérité : l'amour était la seule force capable de tenir la mort en échec.

Je ne pouvais pas rester là. Je ne pouvais pas renoncer. Par respect pour Arden, pour Marjorie et Otis, pour ma mère. *Je t'aime, je t'aime, je t'aime.*

Je sortis de la baignoire. J'étais faible. La maison était plongée dans le noir, le sol jonché de bouts de carrelage cassés et d'échardes. Mon sweat était couvert de bile séchée. Je m'en fichais. Je fouillai chaque pièce de fond en comble et dénichai une boîte de conserve cabossée dans le réfrigérateur. Puis j'inspectai les placards et les étagères jusqu'à ce que je trouve ce que je cherchais.

L'atlas ressemblait à celui que le professeur Florence nous avait montré en onzième année. Je feuilletai les cartes de lieux aux noms étranges : Tonga, Afghanistan, Salvador. Tant d'endroits dont je n'avais jamais entendu parler. Je me demandai à quoi ils ressemblaient et s'ils avaient été ravagés par la peste.

J'avais beau parcourir chaque page, je ne reconnaissais rien. Je pris alors un autre atlas, moins épais. Des lignes numérotées quadrillaient les cartes. Je finis par la trouver : Route 80. Je la suivis du doigt jusqu'à une étendue bleue. L'océan.

Pour la première fois depuis des jours, la terreur céda la place au possible. J'étudiai scrupuleusement les cartes et arrachai les pages allant de Sedona, en Arizona, au secteur vert sous la Route 80 et aux villes de Los Angeles et San Francisco. Je les assemblai par terre et localisai l'immense lac près de l'abri de Caleb, le lac Tahoe.

Le lendemain matin, je chercherais des vivres avant de partir vers le nord, vers Califia. Je ne pouvais pas rester une journée de plus dans cette maison à attendre la mort. Même si les troupes finissaient par me retrouver, même si je m'écroulais dans le désert, je devais reprendre la route. Tenter ma chance.

CHAPITRE 30

Je partis avant le lever du soleil. J'avais mangé la moitié d'une boîte de petits pois au dîner et l'autre moitié au petit déjeuner, et bu le liquide gélatineux au fond. En fouillant chaque maison du quartier, j'avais découvert deux autres boîtes sans étiquette et un pot de confiture. Ce n'était pas grand-chose, cela suffirait toutefois pour tenir quelques jours, jusqu'à ce que je trouve un autre lieu sûr où me reposer.

Ce matin-là, il faisait froid. Tout en cheminant au milieu des arbustes bordant la route, je serrais contre moi le pull que j'avais récupéré dans la maison. Les anciens résidents avaient laissé quelques vêtements et une paire de baskets taille 40 avec le mot NIKE écrit sur les côtés. En suivant la carte, je traversai un désert de terre brune et dorée. Je marchais aussi vite que possible malgré la faiblesse de mes jambes. Je m'arrêtais toutes les heures pour manger de la confiture dont le sucre me procurait de l'énergie.

Juste avant midi, j'arrivai à une intersection. Un

bâtiment de briques aux vitres brisées surmonté de l'inscription BANK OF AMERICA en lettres rouges donnait sur un grand parking plein de voitures rouillées.

Je me dirigeais vers un supermarché pillé lorsque j'entendis le bruit d'un moteur de voiture. Je me précipitai dans la banque et rampai sous l'un des bureaux alignés devant les fenêtres.

La voiture descendait la rue lentement. Elle s'arrêta. Mes mains se mirent à trembler. J'inspirai profondément. Puis le véhicule reprit sa route.

Je ne sortis de ma cachette que lorsque le bruit eut totalement disparu. Les troupes étaient à ma recherche. Je devais avancer.

J'arpentai les rues d'un pas rapide en longeant l'arrière des magasins où des bennes à ordures regorgeaient d'ossements. Je courus jusqu'à ce que les réverbères cassés et les carcasses de voitures soient loin derrière moi. Jusqu'à ce que j'atteigne le désert.

L'immense étendue plate s'étirait devant moi. Seuls quelques arbustes bas bordaient la route – ils n'étaient pas assez hauts pour me dissimuler. Je retirai mon pull et gardai mon tee-shirt jauni afin de me fondre dans le décor sec et poussiéreux. Je consultai la carte une dernière fois avant de me diriger vers un groupe de maisons dans le lointain. Je ne repérai aucune jeep à l'horizon.

Le soleil à son zénith me réchauffait. J'essayai d'imaginer Arden ou Pip à mes côtés, mais leurs fantômes ne me visitèrent pas.

Je pris une ration de confiture. Grâce à ce coup de

fouet, mon sac me parut plus léger et je pressai l'allure vers les maisons où j'étais sûre de trouver refuge. Les fenêtres, les portes, les jardins apparurent lentement.

Soudain, j'entendis à nouveau le moteur. Je piquai un sprint et fonçai en direction d'épais buissons.

La voiture accéléra. Elle se rapprochait. J'entendis le moteur ralentir, s'arrêter, la portière s'ouvrir et des bruits de pas. J'avais mal aux jambes. Malgré mon épuisement, je continuai à avancer. Je ne voulais pas me faire attraper comme ça, dans le désert. Pas maintenant. Pas après avoir parcouru tout ce chemin.

« Arrête-toi ! Arrête-toi ! »

Des larmes creusaient des sillons dans la poussière qui voilait ma peau.

« Ève ! » cria un homme. Je ne me retournai pas. Puis il me saisit le bras et m'attira dans les buissons. Je ne me débattis pas. Telle une poupée de chiffon, je me laissai faire quand l'homme me plaqua au sol. Je me protégeai le visage.

« Ève, dit doucement la voix. C'est moi. »

J'ouvris les yeux et vis le visage que j'avais tant de fois imaginé. Caleb. Je posai les mains sur ses joues en me demandant si je ne rêvais pas éveillée. Je caressai sa peau. J'hésitais entre rire et pleurer.

Je le pris dans mes bras. Nous nous étreignîmes avec force.

« Tu as entendu mon message ? » demandai-je.

Caleb leva la tête. « Je voulais répondre, mais c'était impossible. Je savais que les troupes écoutaient et étaient déjà en route. C'était le code de...

— Je sais, dis-je en essuyant mes yeux. C'était le mauvais code.

— Nous devons partir », dit Caleb en m'aidant à me relever. Une voiture hors d'âge était garée au milieu de la route. « Ils te cherchent. »

Lorsque Caleb appuya sur une pédale située sous le volant, mon corps se détendit. Derrière nous, le monde disparut dans un nuage de poussière.

CHAPITRE 31

Le vent fouettait mes cheveux. Caleb était entièrement couvert de poussière dorée. « Comment m'as-tu trouvée ? » demandai-je.

La voiture heurta un nid-de-poule et fit une embardée. « Il n'y a qu'un seul refuge de la Piste à Sedona.

— Donc tu es passé par la maison. Tu es descendu à la cave ? » J'enfonçai les doigts dans le siège. Des vêtements, des boîtes de conserve et deux casquettes étaient entreposés à l'arrière.

Caleb acquiesça. Nos regards se croisèrent pendant un bref instant.

Ma gorge se serra. J'avais vu le soldat armer son pistolet mais je devais tout de même lui demander. « Et Marjorie… est-elle…

— Ils sont morts. Tous les trois. » Caleb posa la main sur mon bras. Son tee-shirt déchiré aux coutures laissait deviner un bout d'épaule brûlée par le soleil. « J'ai suivi les taches de sang depuis la maison jusqu'à la trappe, puis jusqu'au bois. J'ai perdu ta trace deux kilomètres plus loin et j'étais persuadé qu'ils t'avaient capturée. J'étais sur le point de faire demi-tour quand j'ai vu une chaussure de femme par terre. J'ai trouvé la seconde à un kilomètre au nord et j'ai continué dans cette direction en fouillant les bas-côtés de la route.

— As-tu aperçu Arden ? Elle m'a sauvé la vie. Elle a fait diversion pour éloigner les soldats. »

Caleb regardait fixement la route. « Non. »

Je m'essuyai les yeux. « Elle a dit qu'elle me retrouverait à Califia, mais... elle est toute seule et... » Je fondis en larmes. Je l'imaginais au milieu de nulle part, sa peau pâle meurtrie par le soleil. Ou, pire, sur le siège arrière d'une jeep qui la reconduisait à l'École.

Caleb me pressa le bras. « Elle est forte. Tant qu'elle restera cachée, tout ira bien. »

Le soleil déclinait peu à peu dans le ciel. La voiture zigzaguait et cahotait sur la route défoncée. Chaque kilomètre me rapprochant de Califia renforçait mon sentiment d'être en sécurité.

« Au sujet de Leif », commençai-je. Caleb consultait la carte étalée sur le volant. « Ce n'était pas...

— Je sais, répondit rapidement Caleb. Tu n'as pas besoin de t'expliquer. » Il replia la carte et plongea ses yeux dans les miens.

« J'avais peur de ne plus jamais te revoir. » Ma voix s'étrangla. « Tu n'aurais pas dû... »

Caleb m'interrompit. « Je regrette de m'être enfui. » Il ralentit l'allure et se tourna vers moi. Des larmes perlaient dans ses yeux verts. « J'ai tellement ressassé ce moment. Je me suis mille fois demandé ce qui se serait passé si j'avais été là lorsque ce monstre vous a jetées à l'arrière de son camion.

— Où es-tu allé ? » Je ramenai mes genoux contre ma poitrine. « Que t'est-il arrivé ? »

Caleb se passa la main sur le front. « Je suis allé dans les montagnes. Je voulais m'éloigner le temps d'avoir les idées claires. Lorsque je suis revenu au campement, les garçons étaient dans tous leurs états. Benny... » Caleb accéléra et évita des trous remplis d'herbe. « Benny était effondré.

— Et maintenant, où sont les garçons ? » Je revoyais le sourire de Benny, Silas en tutu et chapeau de cow-boy.

« Ils sont toujours là-bas... avec Leif. » Des pierres et des brindilles heurtaient le dessous de la voiture. Ses mots résonnèrent en moi. Il avait quitté sa maison, sa vie, ses amis... pour moi.

Après une longue pause, Caleb reprit : « Je t'accompagne à Califia. » Il se tourna vers moi. « Nous allons y arriver. »

Je fus immédiatement rassurée. Il ne s'agissait plus de lui ou de moi, mais de *nous*. À présent, une vie ensemble semblait possible. Une vie à Califia, ce lieu caché dans les collines, de l'autre côté du pont rouge. Cette communauté d'orphelins évadés nous accueillerait. Là, je donnerais des cours, Caleb chasserait et enverrait des messages aux garçons dans les camps de travail. Plus tard, nous retournerions à l'École pour sauver Ruby et Pip.

Je pris la main de Caleb dans la mienne. Nos doigts

s'entrelacèrent. Le soleil réchauffait mon visage, mes épaules et mes jambes nues.

Soudain, je dépliai les jambes et m'accrochai à la portière. « Caleb ! Stop ! » hurlai-je. Le coup de frein m'envoya contre le tableau de bord.

« Ça va ? » s'inquiéta Caleb. J'acquiesçai en me rasseyant au fond de mon siège.

« Et maintenant ? » demandai-je.

Une camionnette aux pneus crevés et aux vitres brisées était en travers de la route. Derrière elle, des milliers de voitures étaient immobilisées sur des kilomètres. La route était impraticable.

Il consulta la carte et scruta la ligne bleue que nous avions suivie depuis l'Arizona. « C'était le meilleur itinéraire. »

J'observai la route sinueuse. Au loin, je distinguai un tas d'os blanchis.

« Par où Fletcher est-il passé pour vous amener ici ?

— Je ne sais pas, dis-je. Il faisait nuit. Parfois, il empruntait des chemins de terre. » Nous descendîmes de voiture et contemplâmes la file de véhicules. Les gens avaient essayé de s'échapper. Chaque fois que l'on parlait de la peste, on y accolait le mot *chaos*.

Caleb ouvrit le coffre et en sortit des boîtes de conserve, un sac contenant des piquets métalliques et des morceaux de tissu, un tube en plastique pour siphonner les réservoirs et un jerricane.

« On va dormir ici, dit-il en ouvrant une boîte avec son couteau. Les troupes ne nous trouveront pas. Les militaires savent que la route est bloquée. Demain, nous ferons demi-tour et nous passerons par les montagnes. »

Le soleil se coucha. Caleb déploya une bâche sur le sol, derrière des buissons roussis, et enfonça les piquets dans la terre. Lorsque la tente fut montée, la lune était haut dans le ciel.

« Après vous », dit-il en m'invitant à me glisser sous le morceau de tissu vert.

La tente était à peine assez grande pour deux personnes allongées. Nous avions été si longtemps séparés que cette proximité me rendit tout à coup nerveuse.

« Bon, dis-je très fort, je crois qu'il est l'heure de dormir. » J'étendis une couverture grise élimée sur mes genoux.

« Ce n'est pas faux », répliqua Caleb en riant. Je distinguais son sourire dans la lumière perçant à travers la toile. « Mais avant, j'ai quelque chose pour toi. »

Il sortit une petite pochette en soie de sa poche. Elle était si sale qu'on aurait pu la prendre pour une poubelle. « Tu l'avais laissée dans l'abri, dit-il en me la tendant. J'ai pensé que ça pouvait être important. »

Je glissai les doigts à l'intérieur et reconnus le petit oiseau en plastique, le bracelet en argent et les bords cornés de la lettre de ma mère. « Merci », dis-je en pleurant. Il n'imaginait ce que cela signifiait pour moi. « Je ne sais pas comment te...

— Ce n'est rien. »

Il étendit le bras sous ma nuque. Je sentais la

chaleur de son corps, sa barbe de trois jours contre mon front. « Bonne nuit, Ève.

— Bonne nuit, Caleb. » Alors qu'il s'endormait, ma main sur son cœur, je repris espoir. Après des journées d'errance et d'incertitude, il était là, à côté de moi.

J'allais à Califia. J'étais avec Caleb. J'étais heureuse.

CHAPITRE 32

L'air fraîchissait à mesure que nous montions vers le nord. Je racontai à Caleb comment nous avions rencontré Lark dans le camion de Fletcher. Je lui parlai des films qu'Otis avait projetés sur le mur, des petits déjeuners préparés par Marjorie, de la pièce secrète et de la fouille par les militaires. Je lui dis que j'avais vu la balle exploser dans le torse d'Otis, Marjorie blessée à la joue, Lark inerte et ensanglantée. Je confessai mon effroyable erreur. « C'est entièrement ma faute. Je n'arrête pas d'y penser. »

Caleb pinça les lèvres. « Tu ne pouvais pas savoir. Parfois, la nuit, je me réveille paniqué. Je crois que je suis dans un camp de travail, que je transporte des blocs de ciment sur mon dos. Et puis, je prends conscience que ce n'est qu'un rêve et je me dis que j'ai de la chance.

— De la chance ?

— Oui. De me réveiller, que ce ne soit qu'un cauchemar, que ce ne soit plus ma vie. »

Le moteur de la voiture vrombissait sur la route

escarpée que surplombait une falaise. Les montagnes de la Sierra Nevada se dressaient devant nous. Je me penchai à la vitre et contemplai les flancs montagneux arborés. Je pensai à ma mère, aux chansons qu'elle me chantait en me donnant le bain.

« Tu penses parfois à ta famille ? » demandai-je soudain. Caleb m'avait dit qu'il avait été envoyé en camp de travail à l'âge de 7 ans, mais je ne savais presque rien de sa vie d'avant.

« Tous les jours. » La voiture hoqueta. « J'essaie de me souvenir de l'époque d'avant la peste, lorsque je jouais à cache-cache avec mon frère et ses amis dans notre jardin. Il avait cinq ans de plus que moi mais il me prenait quand même dans son équipe et m'aidait à me cacher. » Un sourire fugace éclaira son visage.

« Où habitais-tu ? »

Il plissa les yeux. « Dans l'Oregon. C'est un État plus froid et pluvieux qu'ici. Nous portions tout le temps des manteaux. Tout était très vert. Et toi ? Tu avais des frères et sœurs ?

— J'étais seule avec ma mère. » En regardant l'immense étendue montagneuse, je me souvins de la chaleur de son souffle dans mon oreille, de ses doigts me chatouillant. « À chacun de mes anniversaires, elle m'apportait mon petit déjeuner au lit en chantant : "Aujourd'hui n'est pas un jour ordinaire… Aujourd'hui, c'est ton anniversaire…" fredonnai-je d'une voix ténue et tremblante.

— Quelle est ta date d'anniversaire ? » Caleb

battait la mesure sur le volant. « Je me souviendrai de te chanter ta chanson.

— Je ne sais pas. À l'École, nous ne fêtions pas les anniversaires. » Tous les jours étaient les mêmes. Il m'était arrivé de secrètement imaginer une bougie allumée sur le gâteau aux pommes qu'on nous servait parfois. « De toute façon, qui connaît sa date de naissance ? »

Caleb appuya sur l'accélérateur. « Moi.

— Ah oui ? » Je souris. Je ne le croyais pas. « Eh bien, quand es-tu né ?

— Le 1er juin ! dit-il en claquant des doigts. Voyons voir… Quand pourrait être ton anniversaire ? Tu as un trop grand esprit de contradiction pour être Sagittaire…

— Ce n'est pas vrai ! Et qu'est-ce que c'est, un *Sagittaire* ? »

Caleb s'amusait. « Susceptible, hein ? Tu es peut-être Cancer. Que dirais-tu d'une date en juillet ?

— Comment peux-tu dire que je suis susceptible quand tu me parles de cancer ? C'est quand même une maladie !

— L'astrologie n'a rien de sérieux. C'est pour les dingues. » Il tourna son doigt sur sa tempe et loucha.

Je ris à gorge déployée. « Je veux une date en août. À l'École, c'était le mois où nous changions d'emploi du temps et où commençaient les cours d'anglais. J'ai toujours aimé ce mois.

— Très bien. Le 28 ?

— Parfait », répondis-je. Je restai silencieuse un

moment, un léger sourire aux lèvres. Après des années passées à lire des histoires d'anniversaires, à voir des dessins d'enfants soufflant des bougies, à entendre la directrice Burns nous expliquer que l'important était le nombre d'années, pas la date d'anniversaire, j'en avais enfin une. Le 28 août.

Nous continuâmes l'ascension sur des routes sinueuses. Le froid s'intensifiait. Nous sortîmes les vêtements du coffre et enfilâmes des manteaux et des pantalons à l'odeur de moisi devenue si familière.

Le ronronnement du moteur me berçait. Mes pensées me ramenèrent à l'École, auprès de Ruby et de Pip.

« Toutes mes amies sont à l'École. Il doit bien y avoir un moyen de les sortir de là. »

Caleb se gratta la nuque. Il était emmitouflé dans un manteau marron avec un col en laine jaune, semblable à celui qu'il portait le soir de la razzia. « Ce sera peut-être plus facile une fois que nous aurons atteint Califia. »

Il ne dit rien pendant un long moment et fixa la route jonchée de branches d'arbres et de feuilles et le bas-côté parsemé de rochers.

Il finit par s'éclaircir la voix. « Comment sont tes amies ?

— Pip est marrante, commençai-je. Pendant mes premières années à l'École, j'avais peur que la peste ne pénètre à travers les murs ou que des chiens sauvages ne nous attaquent. Tout me faisait peur. Chaque fois que je venais me plaindre auprès d'elle, elle grimaçait pour me faire rire. Quelque chose du genre... » Je tirai sur mes joues jusqu'à ce que l'on voie le rouge de mes orbites.

Caleb rit et mit sa main devant mon visage. « Arrête, je t'en supplie.

— Et Ruby est la première à te dire tes quatre vérités mais aussi à te défendre. Elle est très loyale. » Je regardai au-dehors. La route serpentait à flanc de montagne et disparaissait au détour d'un virage. Caleb tourna le bouton du chauffage. Il ne sortit que de l'air froid.

« Je connais des gens comme ça. Certains de mes amis sont toujours dans les camps de travail. »

J'allais poser d'autres questions lorsque la voiture cala. De la fumée pénétra dans l'habitacle. Je me mis à tousser. Après un instant de confusion, nous sortîmes du véhicule.

Caleb souleva le capot fumant. « Le moteur est mort », dit-il en toussant. Il considéra la route s'étirant sur des kilomètres jusqu'au sommet puis redescendant de l'autre côté de la montagne.

Je grelottais de froid. Je relevai ma capuche et tentai de me protéger du vent pendant que Caleb fourrait des vivres dans un sac à dos. « Bougeons. Ça nous réchauffera. »

J'étudiai la carte. Nous nous trouvions à une trentaine de kilomètres du pont. « On devrait pouvoir les faire en deux jours, dis-je. Peut-être moins. »

Caleb s'était déjà mis en marche, les yeux rivés sur le ciel. « Espérons que le temps se maintienne. » Il glissa ses mains nues sous ses aisselles et nous entamâmes la montée. Mes oreilles bourdonnaient à cause de l'altitude et j'avais du mal à respirer. La pente était raide mais je ne ralentissais pas pour autant, aidée d'un bâton ramassé sur la route.

Nous mangeâmes des ananas et des pêches en conserve. Caleb me parla de sa famille : son père travaillait pour le journal local. Parfois, il rapportait de grands cartons pour construire des cabanes dans le jardin. Je lui décrivis la maison dans laquelle j'avais grandi et évoquai le jour où je m'étais accrochée au réverbère lorsque le camion avait fait le tour du quartier. Le père de Caleb était allé à la pharmacie et n'était jamais revenu. Sa mère et son frère étant malades, il était parti à la recherche de son père à vélo. À la nuit tombée, des vandales avaient pénétré dans la maison. En rentrant chez lui, il avait trouvé sa famille morte.

« J'ai serré ma mère dans mes bras pendant trois jours. Lorsque les soldats ont pris la maison, ils m'ont envoyé dans un camp. »

Nous marchions en silence, nos mains bleuies par le froid. Après que nous eûmes parcouru huit kilomètres, il se mit à tomber des cristaux blancs. Ils s'amassaient dans les plis de mon manteau. Je tendis la main.

« Est-ce que c'est de la neige ? » Je n'en avais vu que de loin, sur les sommets des montagnes, ou dans des livres.

Caleb jeta un coup d'œil à la fine couche recouvrant la route. « Oui, et elle tombe dru. »

Au ton de sa voix, je compris que la situation devenait sérieuse, mais je restai plantée là à regarder les petits points blancs dans ma main en pensant aux igloos et aux bonhommes de neige des histoires de mon enfance.

Au bout de dix minutes, le vent se leva. Les flocons devinrent plus épais et la couche de neige atteignit rapidement plusieurs centimètres.

Le pull, le manteau et les chaussures ne suffisaient pas. Je tremblais comme une feuille.

« Il faut monter la tente. » Une fois la toile sortie de sa housse, nous eûmes toutes les peines du monde à planter les piquets dans le sol. Caleb en utilisait un comme marteau pour enfoncer l'autre mais le métal pliait. Après un long moment, je ne pus plus supporter le froid. « Ça ira comme ça. Il faut se glisser dessous tout de suite. »

J'abaissai un pan fixé à un piquet et le maintins en place avec des pierres. L'arrière de la tente donnait sur un rocher. L'espace triangulaire était minuscule mais nous étions malgré tout un peu protégés de la tempête.

« Combien de temps ça va durer ? » demandai-je. Je ne sentais plus mes mains, le vent glacial transperçait mes manches.

Caleb remit sa capuche. Ses cheveux étaient poudrés de neige. « Je ne sais pas. Peut-être toute la nuit. » Puis il m'attira contre lui et m'enlaça. Je me réchauffai instantanément.

Ma respiration se stabilisa, la peur reflua, ma

poitrine cessa de trembler. Caleb passa sa main sur ma joue et ôta les flocons de mes cils. « Benny m'a dit qu'aimer une personne, c'est savoir que sa vie serait pire sans elle. » Il sourit. « Où est-il allé chercher une idée pareille ? »

Je lui souris sans rien dire.

Il se pencha sur moi et dessina des lignes invisibles sur mes joues. « C'est pourquoi il fallait que je te retrouve. »

Il pressa ses lèvres contre les miennes et me serra contre lui. Je m'abandonnai à son baiser. En un éclair, je repensai à mes années de cours, à la stupidité de Juliette et d'Anna Karenine. Puis je compris : elles avaient tout sacrifié pour connaître cet instant de bonheur ineffable.

Chapitre 33

Lorsque j'ouvris les yeux, je ne vis que du blanc. L'espace d'un instant, je me demandai si j'étais morte et arrivée au paradis. J'écartai le morceau de toile qui masquait à moitié mon visage. La neige recouvrait toujours le sol gelé, mais le blizzard avait cédé la place au soleil.

Je m'extirpai de la tente. Caleb dormait encore. Devant moi s'étendait un monde silencieux et magnifique, sans armes, sans troupes et sans École. Mon corps se confondait avec les pierres, les feuilles, le ciel. J'étais simplement et extraordinairement libre.

Je m'étirai. La brise se faufila entre mes doigts. Soudain, quelque chose heurta mon dos. Je me retournai. Caleb était agenouillé près de la tente, un sourire malicieux aux lèvres et une boule de neige à la main. Il me visa au cou.

« Tu vas le payer cher ! » criai-je en riant. Nous courûmes au milieu des arbustes et des rochers en faisant une bataille de boules de neige.

Je l'attrapai par le bras pour le faire tomber. « Je me rends ! Pitié ! » hurla-t-il en s'esclaffant.

Je lui fourrai une poignée de neige dans le cou. D'un geste rapide, il me plaqua au sol, ses bras autour de moi et son visage contre le mien. « N'as-tu aucune pitié ? » Puis il m'embrassa doucement.

*

* *

J'ignore si c'était parce que nous descendions ou l'effet du bonheur, mais il nous fallut moins d'une journée pour atteindre le pied de la montagne. Alors que le soleil se couchait, nous aperçûmes des maisons à moins d'un kilomètre. « On va faire une halte là-bas. Avec un peu de chance, on trouvera des vélos ou une voiture, dit Caleb.

— Comment avais-tu trouvé la voiture ? demandai-je.

— J'ai échangé mon cheval contre la voiture d'un gang. » Il eut un sourire pensif. « Ils ne sont pas méchants, juste égoïstes. Il sera bien traité. »

Je savais qu'il aimait ce cheval. Cela se voyait dans sa façon de brosser sa crinière et de murmurer à son oreille pour le calmer. Je savais qu'un simple merci ne suffirait pas. Rien de ce que je pouvais dire ne suffirait.

*

* *

Nous marchâmes en silence pendant quelques minutes puis Caleb s'arrêta subitement, le regard fixé sur quelque chose de l'autre côté de la route.

« Qu'est-ce qui se passe ? lui demandai-je lorsqu'il prit ma main et fit un pas en arrière.

— Il faut nous cacher. » Il désigna des arbustes aplatis par des empreintes de pneus. « C'est un piège. »

Je fis volte-face. Il n'y avait rien entre les montagnes et nous. « Il n'y a nulle part où se cacher. »

Cent mètres plus loin, près des maisons, une silhouette apparut, puis deux, à peine visibles dans le crépuscule.

« C'est un barrage routier. La loi vous oblige à vous présenter », cria une voix dans un mégaphone. L'une des silhouettes nous fit signe d'approcher.

Caleb lâcha ma main. Il me regarda puis leva les yeux vers les montagnes. « Suis-moi. Dissimule ton visage derrière tes cheveux. »

Trois soldats se tenaient devant un ancien garage. Des outils et des pneus crevés s'empilaient sur de vieux établis poussiéreux. Une jeep du gouvernement était garée à l'intérieur.

« Nous sommes désolés, dit Caleb en détournant la tête. Je suis avec ma sœur. Nous cherchons de la nourriture. »

Un soldat approcha, la main sur son pistolet. Avec ses cheveux roux, ses cils et ses sourcils clairs, il ressemblait à une salamandre. J'avais les yeux rivés sur ses bottes noires et brillantes. « Vous êtes allés dans la montagne pour trouver de la nourriture ?

— Nous les avons traversées. Notre maison a été brûlée par un gang. »

Les soldats nous scrutaient : nos vêtements en lambeaux, nos ongles sales, notre peau grise de crasse.

« Et vous avez obtenu l'autorisation de vivre en dehors de la Cité ? » demanda un autre. Il était plus petit et plus gros, son ventre débordait de sa ceinture. Il s'appuya contre la jeep verte.

« Oui, répondit Caleb. Mais nous avons perdu les papiers. »

Le troisième soldat prit nos sacs. Il était plus petit que moi et avait les cheveux ras. Il s'assit sur la route, fouilla les sacs, puis se tourna vers les autres en faisant non de la tête.

« Comment vous appelez-vous ? » demanda le petit gros. Il parlait à Caleb mais ses yeux se promenaient sur mes cheveux, mon menton, mes jambes maigres.

Caleb fit un pas en avant. « Je m'appelle Caleb et voici Léa. » Il parlait d'une voix claire et posée, mais le soldat ne cessait de me regarder.

Je transpirais à grosses gouttes. *Laissez-nous passer*, pensai-je. *Pitié, laissez-nous passer.*

Soudain, le roux claqua des doigts. « Retire ta chemise », dit-il. Je me pétrifiai, puis compris qu'il s'adressait à Caleb.

« Monsieur, je n'ai... Je ne..., balbutia Caleb.

— S'il vous plaît, laissez-nous tranquilles, dis-je en levant la tête pour la première fois. Tout ce que nous voulons, c'est de la nourriture et une bonne nuit de sommeil. »

Le petit gros prit un couteau et sourit. D'un geste rapide, il découpa la manche de Caleb et découvrit son tatouage.

« Qu'avons-nous là ? s'écria le roux, la main sur son arme. Tu es un fugitif ? Où as-tu ramassé cette fille ? »

Celui au crâne rasé me fixait. Il avait l'air jeune, sa moustache n'était qu'un duvet. « C'est elle, finit-il par marmonner. C'est la fille. »

Caleb se précipita sur le roux et lui fit perdre l'équilibre. Le plus jeune regardait la scène sans bouger. Le petit gros m'attrapa par le col et mit son couteau sous ma gorge. Il empestait l'alcool.

Le roux entraîna Caleb dans sa chute. Sa tête heurta le pare-chocs de la jeep alors que Caleb tentait de lui arracher son arme.

« Faites quelque chose, bande de cons, supplia le roux, coincé sous le poids de Caleb. Venez m'aider.

— Attrape-la », dit le petit gros en me jetant vers le jeune. Ce dernier passa le bras autour de mon cou et me plaqua contre son torse. Alors que je me débattais, je sentis son cœur battre dans mon dos.

Le petit gros frappa Caleb par-derrière. Il s'écroula sur le roux, sonné.

« Arrêtez ! » hurlai-je en voyant le petit gros saisir son couteau. D'un geste plein de fureur, il l'enfonça dans la cuisse de Caleb.

Il releva son poing, prêt à le tuer.

Il fallait faire vite. Sans réfléchir, je me dégageai

de l'emprise du jeune, arrachai l'arme de son holster, visai le petit gros et appuyai sur la détente.

Le soldat hurla sous l'impact qui lui déchira le flanc. Caleb s'affala sur le côté, ce qui me permit d'avoir le roux dans ma ligne de mire. Je fis de nouveau feu et la balle l'atteignit au ventre.

Des larmes brouillaient ma vue. J'avais du mal à respirer. Caleb s'empara des pistolets des soldats et les jeta plus loin sur la route. Le roux gémit, cracha du sang, puis se tut.

Caleb essaya de se lever. Il émit un cri terrible. Son pantalon était trempé de sang. « Il faut partir d'ici. » Il fit quelques pas et s'écroula, le visage déformé par la douleur.

À côté de moi, le jeune était figé, les mains en l'air.

« Toi, m'entendis-je dire, tu vas conduire.

— Vraiment ? bredouilla-t-il en tremblant.

— Tout de suite ! » Je pointai l'arme sur lui et je l'accompagnai jusqu'à la voiture. « Tout de suite ! » hurlai-je.

Il mit le moteur en route et sortit la voiture du garage. Après avoir aidé Caleb à grimper dedans, je claquai la portière.

CHAPITRE 34

« Plus vite ! ordonnai-je. Accélère. »

Mes mains tremblaient encore. Je gardai l'arme pointée sur le soldat alors que nous prenions à gauche sur la Route 80. Je me dévissai le cou, à la recherche d'autres véhicules. L'armée du roi serait rapidement alertée et les militaires se lanceraient à la poursuite de ceux qui avaient tué leurs hommes et volé leur voiture.

Derrière, Caleb tentait de panser sa jambe. Il avait comprimé la plaie pendant une heure, mais l'hémorragie n'était pas enrayée.

« Il faut stopper l'hémorragie », dis-je. Caleb était de plus en plus pâle. « Tu perds beaucoup trop de sang.

— C'est ce que j'essaie de faire », répondit-il en serrant un morceau de tissu autour de sa cuisse. Ses mouvements se ralentissaient. « Il faut juste que je… » Sa voix s'affaiblissait.

Je le voyais décliner peu à peu. Je me tournai vers le soldat, le doigt sur la détente.

« Je t'ai dit de faire vite, fis-je d'un ton froid.

— Je suis désolé. Je fais ce que je peux », marmonna-t-il. Il appuya sur l'accélérateur. Je fus projetée en arrière et Caleb gémit. Ses mains étaient pleines de sang. Au bout d'un long moment, le soldat déclara : « Je peux l'aider, mais il faut nous arrêter. »

Je le tins en joue. Derrière moi, Caleb secoua la tête.

« Tu mens, aboyai-je. C'est un piège. Roule. » Nous étions à moins de cent kilomètres de Califia. Là, nous trouverions de l'aide et Caleb pourrait se reposer.

« Il y a une trousse d'urgence dans la boîte à gants, ajouta le soldat. Je peux recoudre la plaie.

— Je ne te fais pas confiance », rétorquai-je. Mais Caleb souffrait le martyre.

« Si je le fais, tu me laisseras partir ? » Nos regards se croisèrent.

Je jetai un coup d'œil derrière moi. Caleb s'agrippait au siège, la nuque renversée. Son bandage de fortune ne servait à rien. N'importe quoi pouvait arriver – une crevaison, une panne d'essence. Et si nous tombions sur les troupes, il aurait besoin de ses forces. Ses yeux se fermèrent.

« Gare-toi, finis-je par dire. Fais vite. »

La jeep s'arrêta sur le bas-côté, près d'un groupe de bâtiments surplombés par un immense M jaune. Je contournai la jeep en visant le soldat alors qu'il remplissait une seringue.

Il dénoua le garrot autour de la jambe de Caleb, injecta un liquide clair dans la plaie, puis sortit un morceau de gaze de la trousse rouge.

« Ce n'est pas aussi profond que je le pensais », dit-il. Il tapota la plaie avec la gaze pour l'assécher. Il nettoya l'entaille et la recousit avec du fil noir.

Lorsqu'il eut terminé, Caleb rouvrit les yeux. « Merci », dit-il.

Le jeune homme me fixa. « Je peux partir maintenant ? » Des larmes coulaient sur ses joues.

Caleb secoua la tête. « On a besoin de lui pour conduire.

— Mais j'ai promis », chuchotai-je. Je baissai mon arme. Devant nous, des collines s'étendaient sur des kilomètres.

« Impossible », répéta Caleb.

Le soldat joignit les mains. « Je vais mourir ici, de toute façon. Qu'est-ce que vous voulez ? J'ai tenu parole. » Il avait l'air si fragile. Il ne devait pas avoir plus de 15 ans.

Je fis un signe de tête en direction de la route. « Allez, va-t'en. »

Il partit en courant sans se retourner.

« Tu n'aurais pas dû faire ça, protesta Caleb.

— Ce n'est qu'un enfant, répliquai-je.

— Il n'y a pas d'enfants dans l'armée du roi. Qui va conduire maintenant ?

— J'avais promis », dis-je, trop bas pour que Caleb m'entende.

Je me mis au volant et je tournai la clé comme j'avais vu le soldat le faire. J'appuyai sur l'accélérateur et la jeep bondit, tout droit vers Califia.

CHAPITRE 35

Après plusieurs heures de route, nous franchîmes un énorme pont gris et arrivâmes à San Francisco. La ville n'était plus que ruines. Les façades colorées des maisons étaient tapissées de lierre et de mousse. Les voitures abandonnées au milieu de la chaussée nous forçaient à monter sur les trottoirs. Des os éparpillés craquaient sous les pneus de la jeep. La carte dépliée devant lui, Caleb me guida jusqu'à ce que nous fassions face à une étendue de bleu.

« L'océan », dis-je en coupant le moteur.

Devant nous, les vagues s'entrechoquaient, des otaries se prélassaient sur une jetée et des volées d'oiseaux en formation tournoyaient en criant. *Vous êtes arrivés*, nous disaient-ils. *Vous avez réussi.*

Caleb caressa ma main, sa paume couverte de sang séché. « Je n'ai pas vu l'océan depuis mon enfance. Nos parents nous avaient emmenés ici, nous avions pris le tramway en bois… »

Nous restâmes assis là, main dans la main, à contempler l'horizon. « Le voilà, dit-il en désignant le pont rouge à moins de deux kilomètres devant nous. Le pont de Califia. » Il vérifia sur la carte. « Oui, c'est bien ça. » Mais il ne sourit pas. Au lieu de cela, je lus une étrange expression sur son visage. Il avait l'air triste. « Quoi qu'il arrive, Ève, je veux que tu...

— Qu'est-ce que tu veux dire ? » Je regardai sa jambe blessée. « On y est. À partir de maintenant, tout va bien se passer. Nous serons en sécurité. »

Caleb leva les yeux. Il pleurait. « Oui, je sais.

— Ça va aller, dis-je en embrassant son front, ses joues, sa main. Ne t'en fais pas. Nous sommes arrivés. Les gens de Califia nous aideront. »

Il m'adressa un léger sourire.

Je fis redémarrer le jeep. Nous ne nous arrêtâmes que lorsque la route devint impraticable à cause des véhicules abandonnés. Caleb avait retrouvé des couleurs mais il boitait et souffrait atrocement.

Nous entamâmes l'ascension d'une colline bordée de maisons et de magasins déserts. Caleb s'appuyait de plus en plus sur mon épaule. Une pensée morbide me vint : Et s'il ne s'en sortait pas ?

Finalement, nous parvînmes à l'entrée du pont transformée en véritable parc par l'herbe, les broussailles et les arbres. Du lierre cachait une plaque : GOLDEN GATE BRIDGE, 1937.

Mon cœur battait à tout rompre. Seule une longue rambarde nous séparait du pont. Nous nous faufilâmes entre les voitures toujours occupées par des squelettes. Un camion renversé transportait les vestiges d'un appartement : des cadres brisés, des livres éparpillés, un matelas. Je continuai à avancer. Caleb respirait difficilement.

Alors que nous étions au bord de l'épuisement, j'aperçus, de l'autre côté du pont, au sommet d'une montagne, un pilier surmonté d'une lanterne. J'avais vu le même signal la nuit où j'avais tenté d'échapper à Fletcher. J'entendis la voix de Marjorie : *Si elle est allumée, c'est qu'il y a de la place.*

C'était la fin de la Piste.

« Ce n'est plus très loin, dis-je en aidant Caleb à contourner une moto. Ne t'inquiète pas. Tu pourras bientôt t'allonger et manger. Tu te sentiras mieux après une nuit de repos. » Caleb acquiesça mais son regard demeura triste.

Le pont débouchait sur une forêt touffue. La lumière brillait à travers les arbres. Nous grimpâmes le chemin à flanc de colline jusqu'à un mur en pierre. Une jeune femme sortit de nulle part et braqua un arc sur nous.

« Qui êtes-vous ? Que voulez-vous ? » Blonde, à peine plus âgée que moi, elle portait une robe verte maculée de boue séchée et des bottes.

« Nous cherchons Califia », dis-je. Je lançai mon arme par terre et reculai d'un pas. « Nous sommes des orphelins évadés. Nous avons parcouru un long chemin pour venir ici. Nous avons besoin d'aide. »

La fille étudia Caleb – sa jambe ensanglantée, son tee-shirt en lambeaux, ses dreadlocks brunes. « Vous êtes ensemble ? » demanda-t-elle.

Derrière elle, une femme plus âgée apparut. « Il

ne peut pas entrer », déclara-t-elle. Elle avait la peau foncée et ses cheveux épais formaient une couronne autour de sa tête. Un couteau était passé à sa ceinture.

« Qu'est-ce que vous voulez dire ? » demandai-je. Mais Caleb s'éloignait déjà.

La blonde le visa. « Nous ne laissons pas entrer les gens de son espèce.

— De son espèce ? répétai-je en rattrapant Caleb par son tee-shirt. Mais il est blessé. Il ne peut pas rebrousser chemin. Je vous en prie ! »

La fille resta impassible. « C'est interdit. Je suis désolée. »

Caleb posa sa main sur la mienne et déplia mes doigts l'un après l'autre. « Califia a toujours été réservée aux femmes, souffla-t-il. Vas-y. Je me débrouillerai.

— Non ! hurlai-je. Il faut que tu viennes avec moi. Je vous en supplie », criai-je en regardant sa jambe blessée. La fille avec son arc fit non de la tête.

« Je savais que ça se passerait comme ça, dit Caleb. S'il te plaît, Ève. Vas-y. »

Je me rendis compte alors que nous n'avions jamais parlé de ce qu'il adviendrait quand nous aurions rejoint Califia. Il avait toujours opiné en souriant, les yeux dans le vague. Il m'avait accompagnée tout en sachant qu'il ne resterait pas.

« Tu seras en sécurité ici. » Il reculait. L'espace entre nous s'agrandissait.

Je courus vers lui et le pris dans mes bras. « Nous pouvons aller vivre ailleurs. J'irai où tu veux…

— Où ça ? dit-il en fronçant les sourcils. Il n'y a nulle part ailleurs où aller. »

Ma gorge se serra. « Peut-être y a-t-il un refuge sur la Piste. Ou bien nous pourrions vivre dans la Zone. Ou dans l'abri. Nous pouvons y retourner. Je serai prudente. »

Caleb secoua la tête. « Tu ne peux pas retourner dans l'abri. Les troupes sont à ta recherche. Les militaires nous ont déjà trouvés une fois, ils nous trouveront à nouveau. »

Il me fixa jusqu'à ce que j'acquiesce imperceptiblement. Puis il embrassa mes joues, mes sourcils, mon front.

Je m'imprégnai de lui, de son visage, de son odeur. « Tu reviendras ? réussis-je à bredouiller entre deux sanglots. Je t'en supplie !

— J'essaierai. » Il ne prononça pas un mot de plus.

J'ouvris la bouche pour lui dire au revoir mais aucun son ne sortit. Il prit ma main, l'embrassa et s'en alla. Je fermai les yeux. Lorsque je les rouvris, il n'était qu'un point sur le pont.

Une fois arrivé de l'autre côté, il se retourna et m'adressa un signe de la main. *Je t'aime*, semblait-il dire. Je lui rendis son salut.

Je t'aime, je t'aime, je t'aime.

DÉCOUVREZ
LA SUITE DES AVENTURES D'ÈVE
dans le tome 2

LA VIE RÊVÉE D'ÈVE

LE SOULÈVEMENT

CHAPITRE 1

Un poignard à la main, j'escaladais les rochers de la grève parsemée de bateaux échoués depuis longtemps. Une épaisse brume recouvrait la plage. Un navire haut de six mètres et deux fois plus large que les autres était arrivé ce matin. Je montai à bord.

En flânant sur le pont dont la peinture s'écaillait, je sentais la présence de Caleb derrière moi, sa main au creux de mes reins. Parfois, je me surprenais à lui parler, à lui susurrer des mots que moi seule pouvais entendre.

Il y avait trois mois que nous nous étions quittés. Depuis je vivais à Califia, une colonie réservée aux femmes, un refuge fondé dix ans plus tôt pour accueillir celles qui s'étaient perdues dans la Zone. Nous avions toutes fait un long voyage pour traverser le Golden Gate jusqu'au comté de Marin. Certaines, devenues veuves après la peste, ne s'étaient plus senties en sécurité. D'autres avaient été prises en otage par des gangs et s'étaient échappées. D'autres encore s'étaient, comme moi, enfuies d'une École.

Je grimpai une échelle jusqu'à la cabine de pilotage. Deux chaises faisaient face à un pare-brise brisé et à un volant en métal bloqué par la rouille. Je fouillai sous le tableau de bord à la recherche de boîtes de conserve, de vêtements utilisables ou d'outils que je pourrais rapporter au village. Je fourrai un compas en métal et une corde en nylon dans mon sac à dos.

Sur le pont, je m'approchai de la cabine principale en couvrant mon nez avec ma chemise. Je fis coulisser la porte vitrée. À l'intérieur, les rideaux étaient tirés. Un corps enveloppé dans une couverture gisait sur les coussins moisis d'un canapé. Je balayai rapidement les placards de ma lampe torche en respirant par la bouche. J'y trouvai des conserves sans étiquette et des livres détrempés. J'examinais ces derniers lorsque le bateau bougea légèrement sous mes pieds. Quelqu'un était en train de fouiller la cabine du dessous. Je saisis mon couteau, m'appuyai contre le mur jouxtant la porte et écoutai les bruits de pas.

À l'extérieur, quelqu'un respirait. La lumière du soleil s'insinuait entre les rideaux et éclairait le mur opposé. En un instant, la porte s'ouvrit et une silhouette se rua à l'intérieur. J'attrapai la personne par le col et l'envoyai valdinguer. Je lui sautai dessus, mes genoux sur ses épaules, la lame de mon couteau contre sa joue.

« C'est moi ! C'est moi ! » Les yeux sombres de Quinn me fixaient.

Je m'assis par terre. Les battements de mon cœur ralentirent. « Que fais-tu ici ?

— La même chose que toi ».

Dans la bagarre, ma bouche et mon nez avaient été découverts. À présent, l'odeur putride de la pièce m'étouffait. J'aidai Quinn à se relever et nous sortîmes aussi rapidement que possible. L'air frais et salé fut un soulagement.

« Regarde ce que j'ai trouvé. » Elle souleva une paire de baskets violettes. Un emblème circulaire frappé de l'inscription CONVERSE ALL STAR était collé à la hauteur des chevilles. « Celles-là, je ne vais pas les échanger. Je les garde pour moi.

— Je te comprends », répondis-je en esquissant un sourire. Le tissu des chaussures était miraculeusement intact. Elles étaient en très bon état comparées à la plupart des objets que j'avais trouvés. Califia fonctionnait selon un système de troc et nous participions toutes à la vie commune : récupération, cuisine, agriculture, chasse, rénovation des maisons et des magasins. Je travaillais à la librairie. Je restaurais des romans et des encyclopédies, je m'occupais du prêt et je donnais des cours.

Une légère coupure apparut sur son cou. « Je suis désolée, dis-je. Maeve me dit toujours de me méfier des vagabonds. » Maeve était l'une des Mères Fondatrices, un titre donné aux huit premières femmes installées dans le comté. À mon arrivée, elle m'avait laissée partager la chambre de sa fille de 7 ans, Lilac. Pendant mes premiers jours à Califia, Maeve et moi avions exploré les environs chaque matin. Elle m'avait montré les coins sûrs et m'avait appris à me défendre en cas de rencontre avec un inconnu.

« J'ai connu pire », dit Quinn en laissant échapper un petit rire. Avec ses cheveux noirs bouclés et son visage en forme de cœur, elle était plus petite que la plupart des habitantes de Califia. Elle vivait sur une péniche amarrée dans la baie avec deux autres femmes. Ensemble, elles chassaient quotidiennement les biches et les sangliers dans les bois autour de la colonie.

Alors que nous traversions la plage rocailleuse, elle scruta mon visage de ses yeux noirs. « Tu tiens le coup ?

— Ça va un peu mieux chaque jour. » J'essayais d'avoir l'air gaie et heureuse, mais ce n'était pas tout à fait vrai. J'étais arrivée à Califia avec Caleb, mais il n'avait pas été autorisé à entrer. Aucun homme ne l'était. Caleb le savait et il m'avait emmenée ici non pas pour que nous soyons ensemble, mais parce qu'il pensait que c'était le seul endroit où je serais en sécurité. Depuis son départ, je vivais dans l'attente d'un signe de lui, mais il ne m'avait pas envoyé de message par la Piste et n'avait pas non plus laissé un mot aux gardiennes.

« Tu es arrivée il y a seulement quelques mois. Cela prend du temps d'oublier. » Quinn posa sa main sur mon épaule et m'accompagna à l'autre bout de la plage où elle avait laissé son vélo.

Les premières semaines à Califia, je n'avais pas été réellement là. Assise à la table du dîner avec les autres femmes, je touchais à peine à mon assiette et je ne suivais qu'à moitié les conversations. Quinn m'avait fait sortir de mon marasme. Nous avions passé des après-midi entiers dans un restaurant de la baie à boire de la bière brassée dans des seaux en plastique. Elle m'avait parlé de son ancienne École dont elle s'était échappée en passant par une fenêtre brisée. Je lui avais raconté mes mois de cavale dans la Zone. Les autres femmes connaissaient les grandes lignes de mon histoire. Un message codé rapportant les meurtres de Sedona avait été envoyé sur la fréquence radio utilisée par la Piste. Elles savaient également que le roi était à ma recherche et elles avaient vu le garçon blessé qui m'avait aidé à traverser le pont. Mais dans l'intimité du restaurant, j'avais tout dit à Quinn sur Caleb, Arden et Pip. « Je m'inquiète pour eux… »

Chaque jour, le passé s'estompait, les détails des événements devenaient plus flous. J'avais de plus en plus de mal à me remémorer le rire de Pip ou les yeux verts de Caleb.

« Je sais ce que tu ressens pour lui », avait dit Quinn. « Mais ça va aller mieux. Tu as juste besoin d'un peu de temps. »

Nous faisions partie des chanceuses. À chaque repas, je pensais à ce que nous avions toutes fui, aux filles prisonnières des Écoles et à celles sous le contrôle du roi dans la Cité des Sables. Malgré mon sentiment de sécurité, les cauchemars hantaient mes nuits. Je voyais Caleb, seul dans une pièce, la jambe blessée, une flaque de sang séché à ses pieds. Je me réveillais en sursaut, le cœur battant et les draps trempés de sueur. « Je veux juste savoir s'il est vivant, réussis-je à dire.

— Tu ne le sauras peut-être jamais, répondit Quinn en haussant les épaules.

« J'ai aussi laissé des gens derrière moi, m'avait-elle raconté. Une de mes amies s'est fait attraper pendant notre évasion. J'ai longtemps pensé à elle, j'étais obsédée par ce que j'aurais pu faire. Mais les souvenirs peuvent te détruire si tu les laisses prendre le contrôle. »

Le conseil de Quinn tenait en deux mots : « ça suffit ». J'avais d'ores et déjà arrêté de parler de mon passé avec les autres. Au lieu de cela, je transportais mes pensées comme des pierres. Un jour, Maeve m'avait dit : « Ne pense plus au passé. Ici, tout le monde a quelque chose à oublier. »

Nous marchions le long de la plage, sous le vol des mouettes. Mon vélo était caché de l'autre côté de la colline, dans un taillis. Après l'avoir récupéré, je rejoignis Quinn qui m'attendait assise sur le sien, un pied sur une pédale, occupée à attacher ses cheveux avec un morceau de ficelle. Elle portait un tee-shirt turquoise déformé portant l'inscription I♥NY. Il était plus court devant, ce qui laissait voir son ventre quadrillé de cicatrices roses. Elle m'avait raconté comment elle s'était échappée, mais elle ne voulait pas parler des trois ans passés à l'École ni des enfants qu'elle avait eus là-bas. Alors que mes yeux s'attardaient sur les traces boursouflées, je ne pus m'empêcher de penser à Ruby et à Pip.

Nous nous mîmes en route en silence, en zigzaguant entre les rochers et les branches éparpillés. Le vent s'engouffrait dans les arbres.

Soudain, un cri déchira l'air.

Je me retournai pour voir d'où il provenait. La plage était vide et la marée montait. En me faisant signe de la suivre, Quinn quitta la route et se mit à couvert sous les arbres. Nous restâmes blotties dans les herbes hautes, le poignard au poing, jusqu'à ce qu'une silhouette à vélo apparaisse.

C'était Harriet. Son visage arborait une grimace étrange. C'était l'une des jardinières qui distribuaient des herbes fraîches et des légumes aux restaurants de Califia. Elle sentait toujours la menthe. « Harriet, que se passe-t-il ? » demanda Quinn en baissant son couteau.

Harriet sauta de son vélo et courut vers nous. Elle se pencha et prit appui sur ses genoux le temps de reprendre son souffle. « Il se passe quelque chose en ville. Il y a quelqu'un de l'autre côté du pont. »

Quinn se tourna vers moi. Depuis mon arrivée, des gardiennes surveillaient l'entrée de Califia et scrutaient sans cesse les ruines de San Francisco à la recherche de signes des troupes du roi. Elles n'avaient détecté aucune lumière. Aucune jeep. Aucun homme.

Jusqu'à présent.

Quinn reprit son vélo. « Ils t'ont trouvée. Il n'y a pas de temps à perdre. »

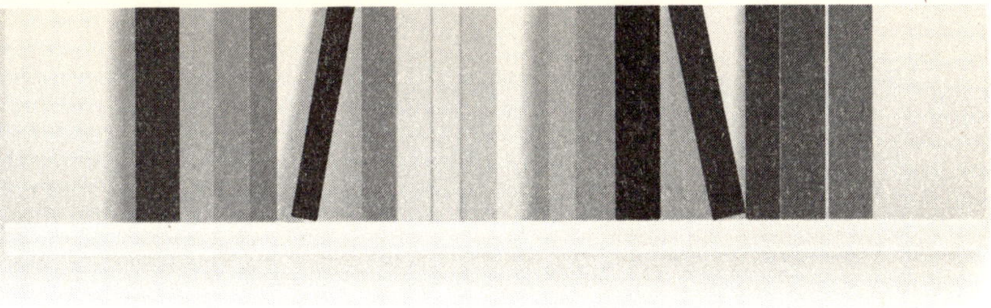

Ouvrage composé par
PCA – 44400 Rezé

Cet ouvrage a été imprimé
en Espagne par

Industria Grafica Cayfosa
(Impressa Iberica)

Dépôt légal : mai 2015

MIXTE
Papier issu de
sources responsables
FSC® C003309

Pocket Jeunesse, une marque d'Univers Poche,
est un éditeur qui s'engage pour
la préservation de son environnement
et qui utilise du papier fabriqué à partir
de bois provenant de forêts gérées
de manière responsable.

www.pocketjeunesse.fr
• POCKET JEUNESSE

12, avenue d'Italie – 75627 PARIS Cedex 13